SIEMPRE JOVEN

Relatos cortos para la nueva juventud

Will Canduri

BPR
EDITORIAL

Segunda edición

Siempre Joven. Relatos cortos para la nueva juventud.

Segunda edición. Diciembre, 2023.

BPRO Editorial. Detroit, Michigan, USA. Instagram y Facebook: @bpro_editorial. Web: bproconsulting.com.

Diseño de cubierta y maquetación: Will Canduri. Web: willcanduri.net. Instagram y Facebook: @willcanduri. Goodreads: Will Canduri.

Imagen de cubierta: iStock.com/AdrianHillman.

Ilustraciones para los relatos: Megan Herzart. Instagram: @meganherzart.

Prólogo de Reuben Morales. Instagram: @reubenmoralesya.

Copyright©2022, Will Canduri. Todos los derechos reservados.

Copyrights Office Records, USA.

Ninguna parte de este libro podrá ser reproducida, almacenada en algún sistema de recuperación o transmitida en cualquier forma o por cualquier medio (mecánicos, fotocopias, grabación u otro), excepto por citas breves, sin la autorización expresa y por escrito del autor o un representante legal de la editorial.

Esta es una obra de ficción. Todos los personajes, nombres, incidentes o situaciones son producto de la imaginación del autor y están creados con fines exclusivamente artísticos.

Se recomienda que la lectura de esta obra por parte de menores de edad, sea realizada bajo la supervisión de un adulto.

CONTENIDO

A Manera de Prólogo	V
Dedicatoria	XI
1. Aleja Ventura	1
2. Barbarito Bond	21
3. El Agua que Derramé Ayer	33
4. ¡Aló! ¿Teresa?	57
5. Desiderátum	61
6. Una Tarde en Cayapán	69
7. Madame Lingerie	81
8. La Infidelidad de Mortimer	87
9. Luke Viene del Futuro	91
10. El Misterio de la Garra del Oso	99
11. El Océano del Mal	129

12. ¿Dónde está Jack Rickshaw?   131

13. Dos Mecedoras   147

Acerca del Autor   157

A MANERA DE PRÓLOGO

Al escribir este prólogo, me encuentro en un momento de vida en el que tengo cuarenta y tres años y donde la emigración, el estar lejos de mi familia y la reciente culminación de un proyecto audiovisual en el que trabajaba, me han hecho atravesar el nada divertido mundo de la depresión. Una etapa por la cual todos pasamos alguna vez y que, estando en ella, se da esa curiosa situación en donde sabemos qué queremos, lo vemos claramente, lo anhelamos, pero no sabemos cómo llegar allí. Se trata de la alegría.

Por eso admito que estoy enclosetado. Porque ojo: en la vida hay muchos tipos de clósets y no solo ese que todos pensamos. Están aquellos clósets de quienes estudiaron una profesión que pintaba correcta para su entorno y años más tarde descubren que en verdad quieren ser cocineros, costureros o simplemente tener una agencia de ecoturismo que les permita viajar. Están aquellos clósets de quienes están en una profesión que les gusta y para la cual tuvieron una fuerte influencia por parte de algún mentor; pero que años más tarde se revelan ante las guías de ese maestro para trazar su propio estilo dentro del oficio. Por supuesto, están aquellos clósets de quienes nacieron en un cuerpo que los encasilla con un rol sexual, pero que luego deciden definirse bajo otro rol sexual. Y así mismo, está mi clóset. Ese de quien por dentro tiene a un alegre niño que desea reírse y disfrutar la vida, pero que no puede salir porque no encuentra la llave.

Fue entonces cuando llegó a mi vida alguien que se autodefine como escritor, pero que para mí ha pasado a ser un cerrajero de esos que trabaja 24/7. Su nombre es Will Canduri. Se presentó ante mí con una llave maestra llamada "Siempre Joven", la cual venía troquelada con relatos que engranaron a la perfección con esa cerradura indescifrable que mantenía trancado mi clóset.

Fue así como Will giró la llave, abrió la puerta y me permitió entender que, si bien mi entorno pudiese encasillarme de "veneco", no significa que yo sea una persona mala, delincuente, abusadora, floja o egoísta. Me permitió ver que, por pocos amigos que tenga a mi alrededor en este nuevo país donde resido, afortunadamente cuento con unos pocos —muy valiosos— que vienen a ser como una chimenea encendida durante una noche fría y oscura. Así mismo, también me ayudó a enfocarme aún más en el anhelo de que llegue ese día de ver a mi alejada familia y no a solo fijarme en este presente en donde no los tengo a mi alrededor.

Tras semejante desempeño de este cerrajero Will, naturalmente comenzó a surgir en mí la pregunta de por qué era tan bueno en su arte. Y es que claro, ¿cómo no iba a serlo? Revisando su trayectoria, me encontré con que tiene experiencia de calidad comprobada. Publicó un libro llamado

"Ensalada de Cuervos", el cual se llevó una mención honorífica en el International Latino Book Awards (la cual cobra aún mayor relevancia si tomamos en cuenta que dicho libro es autopublicado). Además, Will fundó su propia editorial, BPRO, con la cual ya ayuda a otros autores (¿o futuros cerrajeros?) a hacer realidad sus sueños de verse publicados. Aunque, en mi opinión, el mayor de los lauros que tiene Will es que todo esto lo ha materializado en calidad de migrante; lo cual hace que cada uno de estos logros valga por cuatro.

Es por eso que, llegados a este punto, le pregunto a usted, amigo lector: ¿por casualidad también se encuentra atrapado en algún clóset? ¿Quiere seguir metido en este, encerrado, o está deseoso de salir para darse el permiso y el premio de ser feliz? Si su decisión se inclina más hacia la segunda de estas preguntas, entonces le digo que, con "Siempre Joven", tendrá la oportunidad de escapar gracias a esa forma íntima, silenciosa y a su propio ritmo que solo logra el cerrajero Will Canduri. Aunque eso sí: le voy a pedir un favor. Mantengamos entre nosotros ese secreto de que Will es cerrajero. De momento sigamos llamándole escritor para que el beneficio de su arte de cerrajero lo disfrutemos solo aquí, en este club bastante selecto, al cual usted y yo ya comenzamos a pertenecer.

Reuben Morales

- Reuben Morales: nacido en Caracas un 25 de agosto de 1980.

- Humorista y profesor de comedia.

WILL CANDURI

- Inició su carrera en el año 2002 en Caracas, Venezuela.

- Escribió y actuó en proyectos de TV, radio, teatro y redes sociales, destacándose Radio Rochela, Sábado Sensacional, Misión Emilio, Improvisto, Doctor Yaso y Kurda Konducta.

- Es creador de los talleres Aprendo Stand-up y Aprendo Sketch, así como profesor de humor en la Universidad Católica Andrés Bello (Venezuela) y la Universidad del Rosario (Colombia).

- Ha asistido a congresos especializados de humor en Argentina, Colombia, Estados Unidos, Hong Kong y Polonia.

- Ha publicado dos libros: Hacker Mate y Humor Articulado.

- Su columna aparece publicada cada 15 días en medios como Tal Cual, Runrunes, Viceversa Magazine y Guayoyo en Letras.

- Actualmente tiene el podcast "Guionistas de Comedia", junto con Emiliano Hernández Vale, en donde se dedican a sacar a sus invitados de bloqueos creativos en comedia.

A mis padres: Nora y William.

A mis abuelos: Hilda, Victoria y Antonio.

A mis suegros: Miraida y Carlos.

A todos mis viejitos de Miami Beach.

La juventud no termina, nunca.

1
ALEJA VENTURA

Del paso del tren y de las bocinas alocadas al buscar su turno ante los caprichosos semáforos de la avenida. De eso, ya tenía bastante.

De los perros ladrando a la intemperie.

De los niños llorando por la tardanza de las mamilas.

Del repartidor de paquetes que camina por los pasillos, sin detenerse a hurgar en las esperanzas desatendidas.

Diez horas de soledad alrededor del mundo de Aleja Ventura. Manos arrugadas que acortan las distancias entre lo que siente y lo que piensa. Muy adentro, esos espacios se han convertido en nostalgia derramada, difícil de sostener. Renuente a los cumplidos de lucidez que todos profesan para mejorarle el ánimo en cualquier tarde mayamera de encuentros casuales y camisas floreadas. No es fácil recoger a los años, una vez que han decidido esparcirse de manera silenciosa por toda la habitación. Inesperados expertos que se imponen sin reparo entre cuatro paredes. Incesantes, vacíos, profundos al amanecer y rodeados por las costas de Florida de abril de 2015.

Las diez horas más largas de toda su vida. ¡Cómo explicar ese acordeón de locura que se esconde dentro del tiempo! Violentas para recordar que ayer fueron muchos años. Demoradas para concretar la llamada de José Julián informándole que ha llegado al aeropuerto. Los filos grises sobre su cabeza son algo desordenados, pero luego se convierten en caprichosas hebras de contradicción que de vez en cuando apuntan hacia el péndulo de roble sobre la pared. La impaciencia oscila a voluntad por encima de la alfombra percudida y por debajo de los vapores que deja el mentol. Estas cosas son así.

Las canas no adquieren más valor con el paso del tiempo, aunque saborearse a sí misma es un arte que pocos dominan en la juventud. No en vano, las atrevidas negaciones propias de la vejez inundan sus días de arrepentimiento; del sabor de lo que no fue pero pudo ser, de las elecciones que todos hacemos, de los días vividos a su manera. A la soledad platinada, solo le bastan veinticuatro metros cuadrados de tribunal cubierto por un papel tapiz de patrones añejos, un gastado otomán de cuero como estrado y un espejo con marco de hierro en el pleno ejercicio del mallete del autocastigo.

De angustias pasadas con olor a madera húmeda, que insiste en aupar memorias desolladas por ráfagas de lo que ahora quiere y no puede recordar. Y otra vez aparece el péndulo del *London Clock*, heredado por su abuela cuando ni siquiera tenía donde vivir. Ese reloj ansioso por marcar esclavitudes perpetuas al lado de la pared del closet. Su vaivén rítmico, no desespera para entonar golpes desafinados de longevidad sobre su cabeza, y también sobre un par de avellanas de luz que deciden increparlo, como en la búsqueda de respuestas que solo aparecerán súbitamente en los saltos acompasados bajo su pecho, justo delante de la ostentosa imagen de la Virgen de las Mercedes que le regaló su marido luego de la luna de miel en Barbados.

Tanto paso de la angustia al galope de la expectativa, no evitará que sienta la lenta despedida del sol a través de la única ventana que la separa de un mundo tan distinto al que soñaba en el zaguán de los Ventura, muchos años atrás, quien sabe ya cuántos, cuando los burros animaban a las carretas a continuar por las calles empedradas de la vieja Quisqueya, sin cambiar razones por lamentos de animales cansados. La añoranza, tampoco evitará que sus dolores articulares se disipen en los ungüentos y trapitos improvisados, pegostes de esperanza que no sirven para nada, pero que a la vez, sirven para todo. La nimbada debajo de las cortinas ya cerradas, es solo el anuncio de un día más que parte para no regresar jamás. Los cajones de la cómoda con olor a incienso quemado se alternan para abrirse y para cerrarse. Lo que está allí adentro, no cambiará en su esencia de banales elementos, inservibles para otros dolores, pero a veces refrescantes para las endurecidas manos de quien los guarda en un infructífero intento por aferrarse a la vida de otros momentos, otros lugares, pero con los mismos sueños. Aleja los sigue alternando, a pesar de saber que no va a encontrar nada distinto dentro de ellos. A lo mejor, entre Miami y Quisqueya sucedió lo mismo, por allá por el setenta y seis. Quién sabe si hay algo que nunca vio y que ahora le distraerá para poder rendirse a los bordes de la inmensa cama de caoba, imponente, al centro de una habitación que la presume como su trofeo más inesperado.

«El cajón de arriba se debe cerrar antes de abrir el de abajo, porque quedan como montaditos», piensa distraída.

Las respuestas que busca, tampoco están allí. Sigue sin reparar detrás de la Virgen. El rosario del padre Leonel, las cajas de medicamentos que ya no toma ante la imposibilidad de verificar su fecha de vencimiento, algunas fotografías de la vieja iglesia de San Andrés, cuando tenía veintidós, o veintitrés, o veinte. Lo cierto es que en esa época, no le dolían tanto las rodillas. Oculta hacia el fondo de la descuadrada gaveta, justo al lado del monumento a todas sus nostalgias, aparece una cajita roja cerrada con cinta adhesiva para que no se escape el menjurje estimulante de alta potencia para animales que, por cierto, ya no recuerda muy bien para qué lo usa, si es que lo ha usado alguna vez. José Julián debe saber. Al final de cuentas, él lo sabe todo.

La imaginación de Aleja cabalga al ritmo de tiempos de memoria corta, pies arrastrados y batas largas. Hoy, no es una memoria tan selectiva como ella quisiera, como hace algún par de años atrás cuando fingía no acordarse de nada para evitarse las explicaciones. En fin, cuando se llega a viejo no se tienen tantas prerrogativas, por lo que las pocas ventajas que aparecen, deben ser aprovechadas por la conveniencia. Y es que nadie se atrevería a preguntar cuántos son los años vividos, pues son casi tantos como los que se dedicó a amar a Albertino Rosario.

Para una mujer tan atractiva en sus tiempos, los amores no se pueden olvidar jamás. Las rochelitas se guardaron hace mucho, casi al lado de su ropa menos cómoda, esa que, envuelta en plástico del supermercado para que no agarre polvo, resalta desde un armario remendado con grapas de carpintero y cola blanca mal salpicada. Lentejuelas, encajes y colores vivos que para la época, le dotaban de una elegancia particular. Hoy, el plástico que la cubre está amarillento de tanto ser observado. Hoy, además, no está segura de sus recuerdos, aunque la dignidad por defenderse del paso del tiempo, le hace cambiar de humor varias veces al día. Entonces se obliga a recordar con claridad. Nadie está más triste que cuando sonríe siempre. A esa edad las certezas son traicioneras y le hacen pelear consigo misma. Se obliga a recordar con claridad y al espejo no le preocupa. Así puede saltar de la ironía a la sensatez, del llanto a los ceños fruncidos, de la carcajada a la realidad; en tan solo pocos segundos, como una grimpola que se arrepiente de dirección sin la necesidad del viento. No en vano son ochenta y seis años de inagotables experiencias, que le recuerdan que sus más profundos pensamientos, se mueven más rápido que sus piernas.

Se lo dice su reflejo en la pantalla del televisor, el cual luce desde el fondo de la habitación para desterrar a la mitad del espejo y para ser el único recurso con el cual conversar de soledades y de pastillas, mientras el repartidor de paquetes no se detenga a saludar, o mientras el teléfono no suene para que aparezca José Julián a confirmar sus sospechas. Un *Samsung* de cuarenta y cinco pulgadas con menos culo que ella, porque no son como los de antes. Además, fue el regalo de cumpleaños que le dio su único hijo. Luego, a petición de madre, se lo instaló fijo en el canal de las manualidades. Sabe que no necesita cambiar de canal, porque explorar el mundo no es un asunto que interese a los estertores de la vida. «Esos aparatos de ahora son muy complicados» piensa al tiempo en el que guarda el control remoto del televisor en un pequeño cofre de metal.

Pero si hay algo que Aleja sabe hacer muy bien, es convivir con sus circunstancias, así tenga que pasarse el día abriendo y cerrando cajones. Aunque de forma curiosa, hoy, los intentos de buen humor se han mantenido insistentes dentro del apartamento de espacios reducidos, bañando de fantasía a todo aquello que huele a sepia, con paredes que se abalanzan contra la vulnerabilidad de un ritmo lento al caminar. Hoy, ella no pretende huir al llamado de la picardía, porque sí, le gusta revolcarse con ese saborcito de los recuerdos simpáticos.

Un cuadro de la última cena sobre el respaldar de la cama, resalta de entre los viejos muebles que le regalaron en Santo Domingo, luego de su matrimonio con el padre designado para su hijo. Buen hombre el español. No se arrepiente de haber compartido sus años con él. Su partida fue a lo menos extraña y hasta un poco dolorosa. Hoy, con menos dudas que ayer, sabe que ha sido la mejor vida que pudo darle a José Julián. Se siente avergonzada. Las dos bolsas cargadas de años que le cuelgan bajo los ojos, no están hechas para soltarse a llorar.

—Aleja Josefina Ventura Ibáñez: ¿recibes por esposo a José Albertino Rosario para cuidarlo y amarlo, en las buenas y en las malas y hasta que la muerte los separe?

—Si Albertino, te acepto.

—José Albertino Rosario. ¿Juras recibir a Aleja Ventura y tomarla como esposa, para cuidarla, amarla, en las buenas y en las malas y hasta que la muerte los separe?

—¿Giovanna? ¿Qué haces aquí? —respondió el sorprendido novio con ambas manos sobre su cabeza.

Y hasta ese momento llegó la ceremonia. Y la ilusión de Aleja. Y la sotana del padre. Porque al otro lado del altar, apareció una rubia de proporciones envidiables, larga cabellera rizada que repartía sobresaltos a todo aquello que llevara pantalones en la iglesia, incluyendo al cura. Largo vestido amarillo tongoneado al compás de una despampanante figura, cuyos delicados brazos descubiertos sobresalían como las ramas de un araguaney para arrojar sobre Albertino una lluvia de fotografías, rotas algunas; que daban cuenta de una pecaminosa relación que guardaba con el novio.

En la iglesia, todo fueron exclamaciones desaforadas y desconcierto. Incredulidades encrespadas por miradas rasantes, de un bando y del otro. Los Ventura se decidieron primero y sacaron las biblias de los reclinatorios para arrojarlas contra los Rosario. La matrona Petra Rosario, una mujer prieta de estilizado porte pero de formas poco educadas, sacudía su abanico porque le faltaba el aire y porque necesitaba ocultar la vergüenza que le absorbía.

La abuela Adelita Rosario, incapaz de escuchar la llegada de una estampida de mil elefantes a su espalda, se enteró de lo que había ocurrido porque Santiaguito le gritó al oído que Albertino tenía otra novia. Solo entonces comenzó a persignarse sin cesar, mirando al techo de la capilla, en suplicas que temblaban de notoriedad y a pedir a gritos que le empujaran la silla de ruedas para salir de la catedral sin ser vista. Entre tanto, Albertino retrocedía implorando perdón y buscando refugio detrás del padre Urquiola, quien también daba pasos cortos de espalda hacia la cruz, sorprendido por tanta desfachatez reunida en un solo sitio. ¡Y el monaguillo! Ese chiquillo travieso que solo atinaba a descalabrarse de la risa, sin medias tintas.

Golpes, improperios y gestos de asombro inundaron la catedral de San Andrés. Hasta el pequinés de Paquita Rosario, hermana de Albertino, se soltó para morder al padre Urquiola, mientras el monaguillo, ante la mirada amenazante del adolorido padre, ahogaba su risa mordiéndose los cachetes para poder sacárselo de encima.

—¡Alguien que me quite a este animalillo de encima! ¡Está poseído por el demonio! —gritaba el padre mientras trataba de desprenderle la sotana de los dientes al perro descontrolado— ¡vosotros habéis venido a traer la desgracia a la casa de Dios!

El atrio se desprendía por el peso de Albertino, quien fue lanzado por un certero derechazo de Aleja ante al asombro de los presentes que se apartaron para esquivar el golpe.

Rosario contra Ventura, la matrona contra el abanico, la abuela contra la silla de ruedas, el padre contra el pequinés, el monaguillo contra la risa y Aleja contra sus ganas de colgar a Albertino. En el fragor de la confusión y aunque sin pronunciar palabra, Aleja no le sacaba los ojos de encima, ni al infiel novio, ni a la esponjada catira de feminidad pronunciada.

Hoy, esos días no son más que recuerdos, porque al final, nunca había visto a la tal Giovanna hasta ese día en la iglesia. Pudo haber sido cualquier zorra de las caballerizas donde trabajaba Albertino, o quizás alguna improvisada pesetera que se consiguió en los bares de Santo Domingo. Lo cierto fue que en aquel momento, Aleja Josefina Ventura pudo sucumbir al llanto y marcar su vida para siempre a causa de la bochornosa infidelidad. Sin embargo, no lo hizo porque ahí estaba Julián Martínez del Rivio. Un joven descendiente de uno de los más ricos hacendados de toda Quisqueya. El enamorado de la infancia. El de las manitos sudadas. Julián, ese inconforme y confundido amigo cuya mayor alegría fue la de recibir un ósculo en la mejilla por levantarla del piso cuando se cayó de nalgas en el viejo mercado de las pulgas. Ese desgarbado cualquiera, fiel a todas las miradas de Aleja y a sus desprecios también, días antes le rogaba por la cancelación del matrimonio.

—Aleja, no te cases con Albertino. Te prometo que conmigo serás la mujer más feliz del mundo...

—Discúlpame, Juliancito. Sabes que te quiero, pero solo como amigos.

Aleja estaba embobada por el zángano de Albertino. De San Pedro de Macorís, José Albertino Rosario era como una alita de pollo de ojos café pero con un verbo encendido para las mujeres. Veterinario de profesión, aunque estafador a carta cabal. El gavilán Rosario como se le conocía, le había demostrado muchas veces que no era el hombre para ella. Pero las mariposas en el estómago no entendían de razones. Aleja soñaba con viajar alrededor del mundo con su llavero humano amarrado a su cintura. Porque Aleja era enorme. Un edificio de casi seis pies que enamoraba con solo verla caminar. Ahora no, ya que el tiempo se ha encargado de encorvarla, desgastando sus pómulos y engarrotando sus manos con una artritis que solo se calma con un guarapito de jengibre puesto al sereno de San Onofre.

¡Si ya se acordó! En 1959 cuando tenía veintitrés, los tigres del vecindario se turnaban para tocar la puerta de los Ventura y visitar la casa bajo cualquier pretexto. Alejandro Ventura, el padre de Aleja, tenía una escopeta *Remington 1100* la cual reposaba sobre la pared, al fondo del zaguán de bienvenida, como un símbolo de advertencia para los advenedizos visitantes que quisieran aprovecharse de la mulata. Solo Juliancito era bienvenido en esa casa, o de repente cualquiera que tuviera más billete que él. No obstante, no había muchos pretendientes que pudieran cumplir con las exigencias del hambre desmesurada de aquella familia.

«Así eran esos tiempos», recuerda Aleja con un puñado de fotos sobre sus manos. Las familias deseaban apostar por los sueños desde lo mejor que tuvieran y para los Ventura, Aleja era la joya de la corona. Porque Jazmín, la hermana menor, no resultó ser tan agraciada. Mas bien, estaba para cumplir el papel de la hermana que se quedaría en la casa de los padres ocupándose de la cotidianidad de una familia con posibilidades restringidas. En consecuencia, para los padres de Aleja, "el español" era el hombre indicado para mejorar la raza. Siempre vestía de impecables camisas blancas almidonadas por las criadas de los Martínez del Rivio. Ese flaco a lo gallego "tenía con que" y los Ventura, se querían acomodar. De hecho, todos en la familia (menos Aleja) habían hecho planes para mudarse a "*La Martinera*", el nombre de la hacienda más grande de la zona. Los domingos por la mañana, en medio de los desayunos familiares y ante el disgusto de Aleja, solo se hablaba de los planes de cada uno cuando se mudaran a la casa de los Martínez. Añoraban pasearse por los treinta acres de tierra fértil, caballerizas por doquier y mucho billete para hacer una boda en el mediterráneo o en Venecia, con manjares griegos, caviar del sur de Noruega, meseros ataviados con alta costura, invitados de renombre y todo un revoloteo de alcurnia a la cual ellos no pertenecían, por lo que seguramente les tocaría hacerse los pendejos para ocultar su marginalidad y al mismo tiempo, disfrutar de la mejor vista de todo Santorini.

Pero no. El corazón de Aleja se decidió por un tinglado de tambora en la casa de los Rosario, con mangú encebollado, debajo de una mata de mamón y caña clara para los tigres. Por eso, cuando Aleja "le dio el sí" a Albertino, la botaron de la casa. A los Ventura les costó un poco entender que la fiesta de "alta sociedad" no se iba a realizar. Tiempo después el viejo Alejandro aceptó la cosa, a regañadientes, pero la aceptó.

A todas estas, don Julián Martínez, el viejo, no estaba muy de buenas con los gustos de su hijo. Para el adinerado ganadero, su primogénito estaba para aspirar mucho más. «¿Quién se creía esta recogida para rechazar a su hijo tantas veces?» pensaba con el ego descolocado.

El viejo Alejandro Ventura, había intentado congraciarse con el "*doctol*" en múltiples oportunidades, pero más de una vez lo dejaron esperando en la puerta de "*La Martinera*" con la botella de *Barceló* y los finos tabacos de la Habana que compraba con todo el sueldo de un mes de trabajo. Mas que un regalo, parecía una ofrenda para su tan ansiado consuegro.

—Que vaina con el *doctol* Martínez. Debe estar muy ocupado. Dígale que vengo mañana —.Y se iba cabizbajo con su serenata para otro lado.

Por eso, el día del matrimonio, el joven Julián sentía que su mundo se acababa, pues ni siquiera se quiso vestir de manera adecuada para la ocasión. Sentado en la última fila de la iglesia, y con tufo a un ron barato reñido con su estatus, intentaba ocultar su felicidad por el despelote que había producido la presencia de la tal Giovanna, al fin y al cabo, le había ofrecido de todo a Aleja. Desde caballos de buena cría, joyas muy costosas y perfumes que olían a gente fina y que solo se encontraban en las mejores casas de París. Pero ella solo se deslumbraba por el olor a pachulí barato de Albertino cuando se aparecía borracho a media madrugada para dedicarle serenatas y otras deferencias propias del gavilán.

—¡Estoy embarazada de Julián! —gritó Aleja riéndose de manera irónica ante el rostro ensangrentado de Albertino— ¿Eso era lo que querías?

—Pero Aleja, mi amor, tú sabes que todo esto es un malentendido, tú sabes...

—Padre Urquiola, me caso con Julián. Hoy voy a darle a él esa noche de bodas que este infiel pecador no se merece —dijo recogiéndose la cola del vestido— ¡Y tú! —señalando a Albertino— vete con la zorra esta, pero lo que es Aleja Ventura, ¡se casa hoy y no es contigo!

—¡Por el santo poder de la sangre de Cristo! ¿Qué pretendéis hacer muchacha? ¡El matrimonio es algo muy serio! —.Añadió el padre Urquiola, horrorizado.

Pero para los Martinez del Rivio, ¿qué importa cambiar las cosas como consecuencia de un capricho? Si el dinero siempre lo ha movido todo y por supuesto que el padre Urquiola no iba a ser la excepción de aquella tarde de mayo de 1976.

—¿Eso es cierto lo que esa muchacha está diciendo mijo? —preguntó don Julián Martínez a su hijo, impávido y tembloroso.

—Así es padre.

Luego de un largo suspiro del adinerado ganadero y de un par de miradas cruzadas con doña Carolina del Rivio, su esposa, procedió a exclamar:

—¡Pues entonces aquí no se habla más! Un Martínez del Rivio siempre debe cumplir con sus responsabilidades, sin importar lo que eso cueste.

Y luego de una larga conversación con el padre Urquiola y mientras el monaguillo le limpiaba las incipientes heridas de la pierna con azul de metileno, el clérigo accedió a oficiar el matrimonio. ¿Cuánto pagó el viejo Julián? Nunca se supo.

El gallego ensombrerado era uno de los principales contribuyentes en cualquier causa que se llevara adelante en Santo Domingo. Por lo que podía comprar hasta la iglesia, si así lo quisiera. En consecuencia, no pasó mucho rato para que a los Rosario los sacaran arrastrados de la catedral, con abanico, perro, silla de ruedas y catira incluida. Los Ventura asombrados, no sabían si celebrar la expulsión de los Rosario o escaparse de la iglesia por la puerta trasera para que más nadie los viera, por el escándalo de Aleja y porque a pesar de que se casaría con "el español", el viejo Julián había dejado bien claro que todo aquello de la boda sería por mero compromiso y honor con su apellido.

En definitiva, no habría ningún templete en Santorini con alta costura, ni con banquetes rimbombantes. Además de eso, los Ventura no serían bienvenidos en *La Martinera*. Mayor decepción se llevó el viejo Alejandro al saber que sus planes de volverse el mandamás de las interminables caballerizas, se habían ido al traste. Porque don Julián era un hombre de palabra, pero no un pendejo. Y mucho menos un hombre con la humildad suficiente como para mezclarse con los Ventura. Eso sí que lo tenía muy claro. En realidad mucho estaba cediendo para rescatar a su hijo de la inmoralidad a la que estaba sometiendo a su apellido, aunque, no nos engañemos, también se quebró al ver a su hijo arrastrado en una iglesia por una mujer.

Juliancito siempre lo tuvo todo. Esta negra sería un juguete más, aunque para sorpresa de todos y durante poco más de veintitrés años, Julián supo ser un buen padre para el hijo de Aleja.

No obstante, la tragedia decretó que los improvisados amores no iban a durar mucho más que eso. Julián tuvo un accidente en un evento de equitación en Miami y murió cuando los cascos traseros de su yegua "Bailarina", le aplastaron la nuca como a un paquete de palomitas de maíz. Para entonces, Aleja, con 35 años encima, se había convertido en una mujer muy fría y distante, de esas que calculan las pisadas para que no se sepa que han llegado a un lugar, por lo que mandó a arreglar todo para realizar un sepelio groseramente ostentoso e inolvidable. Estaba muy interesada en hacerle saber al mundo y en especial al viejo Julián, la importancia que su esposo había tenido para ella. Con el pasar de los años, aprendió a querer a Julián, aunque no tanto como para abrazarse a la urna y pedir que la enterraran con él. Mucho menos estando al corriente de todas las propiedades y bienes que quedarían a su nombre, luego de cerrada aquella urna bañada en oro. Un ataúd cuyo brillo resplandeciente exigía a gritos las miradas de todos los asistentes al velatorio, porque mientras más ojos sobre el lujoso evento, menos ojos sobre Aleja y la incomodidad que sentía por no ser la viuda convencional, de esas que todos esperan ver desgarrándose los vestidos y secándose el llanto a los pies de la capilla ardiente.

Durante estas diez horas de espera y recuerdos, en las que ha sido capaz de evocar momentos de nostalgia sentada al borde del otomán, Aleja sabe que su hijo estuvo en las manos correctas, lo que lo llevó a convertirse en el mejor abogado de asuntos civiles de toda la Florida. Graduado en la escuela de leyes de *Yale*, José Julián Martínez nació en Estados Unidos, en donde creció envuelto entre algodones que de otra manera no hubiese podido tener. Aleja había heredado una gran empresa cementera y otras propiedades que, como era de esperarse, no sabría administrar correctamente. José Julián estuvo al frente de esos negocios, lo que no necesariamente significó que estuvieran mejor conducidas.

Apostador empedernido, el heredero de los Martínez quebró la cementera en los casinos de Las Vegas, Montecarlo y Nueva York. Casado con la enfermera californiana Alice Gibson, quien lo acompañaba a todos lados, tanto en los viajes de negocios como en los de placer, el doctor Martínez, como él mismo se hacía llamar, terminó siendo famoso en la televisión por sus costosas propagandas en las que invitaba a las personas a llamarlo en caso de que quisieran hacerse de mucho dinero en demandas civiles de toda clase, que, por supuesto, terminaban engordándole las cuentas bancarias solo a él debido a las negociaciones que de manera habitual hacía a espaldas de los clientes. Y después, las personas tenían que pagarle con el 40% de lo que les correspondía a ellos. Cosas de algunos abogados. Por otro lado, Aleja costeaba viajes, cruceros por el Caribe y otros caprichos para los Ventura en Santo Domingo, quienes pasaron a vivir en una mansión muy acomodada a las afueras de la ciudad. El despilfarro fue de proporciones épicas. Tanto fue lo que malgastaron que al poco tiempo la viuda estaba rogándole al viejo Julián un préstamo para poder rescatar la cementera.

—A mi nieto no le va a faltar nada, pero en cuanto a ustedes, vividores de oficio, no tocarán un peso más de mi fortuna.

Aleja siempre pensó que tenía a don Julián agarrado por las nueces, porque ese gallego adoraba al zángano de su nieto más que a su patrimonio. Sin embargo, tras esa áspera conversación, se dio cuenta que no sería tan fácil maniobrar con el suegro, por lo que su próxima decisión sería vender lo que quedaba de la cementera e invertir en un pequeño restaurante al noroeste de Miami. Nunca fue lo mismo. Claro, si es que ellos querían vivir la misma vida de antes.

Hoy, estas cosas solo son recuerdos. Y Aleja, cansada de tanta espera, no tiene empacho en decírselo a la televisión, como si ésta pudiera responderle.

—Ese aparato no se puede tocar mucho porque se cambia de canal y José olvidó dejar marcado el control remoto —. Dice en voz alta con su teléfono en la mano.

Y por cierto, su teléfono. Se pudo haber apagado. O quizás se dañó, porque José Julián dijo que apenas llegaran al aeropuerto, llamaría. Como las casualidades han sido una constante en la vida de Aleja, hoy se hacen presentes de nuevo para que el teléfono suene con mucha insistencia, quizás en el momento más difícil para atender una llamada. Las pastillas para la hipertensión, aunque cortadas a la mitad, siguen siendo muy grandes para tragarlas de un solo sorbo, entonces, intenta guardarlas en el pastillero de nuevo. En el ocaso de una tarde impregnada de incipientes alegrías, sus movimientos son nerviosos y apresurados por el deseo de contestar la llamada.

La pastilla y el teléfono al mismo tiempo. Todavía su mente lo puede hacer, pero sus manos, no. Atrás quedaron las épocas en las que podía hacer dos y más cosas a la vez.

Las pastillas han tocado el suelo del pequeño apartamento y no las podrá encontrar hasta que llegue su hijo, porque sus rodillas ya no doblan como antes. El repicar de su teléfono también se detiene sin darle tiempo a contestar la llamada. Sentada ahora en su sillón de cuero rasgado, cuarteado por los hilos de fuego que se desprenden desde la ventana, intenta tomar los bifocales con montura de carey desde la mesita de noche a su mano derecha. El movimiento es fallido y debe pararse del sillón, exigiendo a sus rodillas una vez más, ahorcando sus caderas y tumbando a la virgencita que estaba justo al lado de su libreta de horarios y decenas de direcciones para recordar.

Pero sus lentes no están allí, ni tampoco sobre la nevera, ni detrás de la tapa del retrete. Simplemente, no están. Y ahora debe descubrir el sitio en el cual los ha olvidado, aunque primero se ha dado cuenta de que los lleva puestos.

—Y yo que pensé que los había perdido. Es que esta mente mía... —dice Aleja en voz alta y riendo hacia sus adentros para evitar que se le salga el implante dental. Sin embargo, la aderezada picardía es interrumpida por un nuevo timbre del teléfono:

—Hola, ¿Juliancito?

—Hola, sí madre. Ya salió y vamos camino al apartamento.

—Qué bien hijo, ¿y todo está bien?

—Sí mamá, todo bien. Algunos contratiempos hicieron que todo se retrasara, pero al final estamos por llegar.

—Qué bien hijo, bueno, aquí los espero. Ahora tengo que buscar la pastilla para la tensión que se me cayó al suelo y no la veo. Y el televisor este, parece que se cambió de canal, no sé, tú sabes que no entiendo mucho de eso, pero no puedo ver mis manualidades. También tengo una cajita roja en la gaveta que no me acuerdo para qué me la prescribieron. ¿Tú sabes que medicamento es? Porque si no la boto, no vaya a ser que me confunda un día de estos.

—Sí mamá, no te preocupes. Al llegar te acomodo todo lo que tengas pendiente. ¿Una caja roja, dices?

—Sí hijo. Está al final de la gaveta, tapada por unos papeles que parecen boletos de avión. No sé por qué no veo bien, estos lentes ya están como flojos. Pero estoy preocupada, porque no me acuerdo si es un medicamento que me hace falta o no. Fíjate tú, tantas veces que he abierto esa gaveta y nunca había visto esa caja.

—Esa caja no la toques mamá. Cuando lleguemos, nos encargamos de ella. Y otra cosa, no hables con nadie más acerca de esto.

Aleja siempre hace caso a lo que le dice José Julián. Si esa caja roja no se debe tocar, pues por algo será. Aunque le parece raro, porque ella tiene control absoluto sobre lo que entra y sale de esa gaveta. No importa. Ya llegará el muchacho a resolver los asuntos pendientes.

Y como diez horas muchas veces no son suficientes para esperar respuestas de la vida, la puerta del apartamento ha sonado muy fuerte para anunciar la llegada de alguien. Quizás del repartidor de medicinas.

—¡Abra la puerta! ¡Es la policía de Miami!

Aleja jamás pensó que su mundo podría cambiar tanto luego de aquel llamado a la puerta, porque la policía ha entrado en el apartamento con una orden de captura que terminaría de encerrar sus días de nostalgia. Era de esperarse que el viejo don Julián, además de saber comprar al padre Urquiola, también sabría pagar a los mejores investigadores privados para esclarecer el vil asesinato de su único hijo. Un macabro plan en el que estaban envueltos tanto Aleja Josefina Ventura Ibáñez, quien quería deshacerse de Julián para siempre. José Julián Martínez Ventura, el famoso abogado apostador que deseaba ponerle las manos encima a su herencia lo más pronto posible, y que además nunca pretendió llegar al encuentro con su madre aquella tarde de esperas desdeñadas. Y el señor José Albertino Rosario Mireles. Sí, ese rapaz veterinario quien a escondidas administró una dosis de estimulante de alta potencia a la yegua que muy alterada en su sistema nervioso, derribó a Julián para luego descargar todo su peso contra su cráneo.

Lo más importante para Albertino fue consumar su venganza contra el viejo don Julián Martínez del Rivio, ya que descubrió que el poderoso hacendado pagó los servicios de una esbelta meretriz llamada Giovanna, obteniendo así de forma premeditada, las comprometedoras fotos que acabarían con su felicidad aquella tarde de casamiento en la catedral de San Andrés.

2
BARBARITO BOND

Tu vida no será la misma luego de estas líneas, porque tendrás en tus manos la historia de un héroe que todos se privaron de admirar. ¿No me crees?

Seguro que nunca has sabido de alguien capaz de matarle el perro a su jefe sin que este se diese por enterado. Un pitbull gris, con ojos endemoniados. Y no era de cualquier jefe. En realidad, la vida es muy corta para andar dando vueltas con pelabolas. Estamos hablando del director del FBI.

Y si todavía estás renuente a valorar la magnitud de lo que represento, pues imagínate un frasco de vidrio de esos que venden en el mercado (pero sin la salsa de tomate), con mucha pólvora y tornillos de acero, tantos como pudieron entrar antes de cerrar la tapa. Debo confesarte que así no fue como murió el perro. Así desaparecieron los dos manganzones que creyeron que me iban a coger de fiesta. Volaron en pedazos dentro del ascensor. Después lo clausuraron porque ¿quién se va a montar en una vaina de esas sabiendo que las tripas de alguien estuvieron guindando por todos lados?

A mis sesenta y picos, no vivo una vida real como la que todos esperan tener. No ando cuidando nietos, ni regando tulipanes, ni dándole comida a las palomas de cualquier plaza. Eso también es de pelabolas. Mi edad es la máscara perfecta para ocultar el peligro que represento. Esa es mi naturaleza. Diestro, rápido, letal. Puedo desmontar una *Glock* con una sola mano sin que nadie se dé cuenta. Para eso hace falta la condición natural que solo los iluminados tienen y una gran preparación militar, también. Ese instinto era el único que me permitiría saber que después que las alarmas sonaran, todo el edificio comenzaría a oler a parrilla quemada. El estruendo alcanzó no solo varios pisos, sino varias cuadras. Las cámaras del piso quince pudieron haber captado el glorioso momento, pero alguien preparado y que sabe lo que tiene que hacer no puede cometer ese tipo de errores.

—¡Un ataque terrorista! ¡Un ataque terrorista! —gritaba la vieja del 23B, quien salió sin sostenes, escaleras para abajo y sin frenos. ¡Agárrenla!

Se le olvidó hasta el dolor de la ciática y mira que son veintitrés pisos. Como que si luego de una explosión de ese tipo, a todo el mundo le va a dar chance de salir corriendo. O como Arnoldo, mi vecino. Abrió la puerta de su casa preguntando que si alguien le había tocado la puerta.

—Coño Arnoldo, ponte el aparatico ese de los oídos, ¿no escuchaste el cañonazo? ¡Vira pa' adentro chico, que eso fue una explosión!

De todos modos, si algo sé, es hacerme el loco, por lo que me devolví al apartamento con Lucía, obviando los gritos de asombro detrás de las puertas cerradas del edificio para adultos mayores de la *Collins Avenue*.

En realidad, yo escucho mejor de lo que aparento. Camino mejor de lo que aparento. Vivo mejor de lo que aparento. Por eso me senté a ver a don Francisco con su chacal y a la cuatro destapando risas entre los falsos asistentes, hasta que los del *resqiu* cansados de tocarme a la puerta, la derribaron para hallarme en bata de baño, estirado sobre mi reclinable de cuero marrón agrietado por el sol y masticando gomitas de animalitos que son las que mejor funcionan para mi dentadura postiza. Me hice el dormido y aquí no pasó nada. Antes me gustaba el maní, los de la bolsita roja. Ya no los puedo comer con la misma facilidad, porque luego no es fácil despegarlo de los dientes. El oficial que se acercó, me tomó el pulso antes de despertarme. No entiendo la razón detrás de los prejuicios contra las personas mayores que duermen en un sillón. ¡Oye Pipo, estoy durmiendo, no me voy a morir rascándome las bolas! Eso pueden tenerlo por seguro.

Aquel oficial de mediana edad me pidió que lo acompañara a evacuar el edificio, justo cuando el chacal sonaba su trompeta y cuando la bata de baño se me juntó con la entrepierna izquierda para que se me asomara el *queteconté*. A los sesenta y pico no es fácil pararse de un sillón. Aunque sí lo es, el olvidar ponerse la ropa interior antes de colgarse la bata de baño. Aquel buen hombre fingió que no vio nada, porque bueno, ¿qué macho se daría por aludido al verle el salchichón a otro? ¿Qué va a decir? ¿Bonito salchichón, Pipo? O ¡don Barbarito, se le salió el cavernícola!

Además, me imagino que estaba preocupado porque algún sicario voló a dos mequetrefes en el elevador de una residencia para personas mayores. Y eso, amigo mío, ¡vaya! no se ve todos los días en Miami. Por otro lado, en este país ante cualquier explosión por mínima que sea, es inevitable pensar como la vejuca del 23B, en un ataque terrorista como primera opción. Ni se imaginan que minutos antes, yo acababa de salir de ese ascensor y que tenía todas las respuestas que ellos buscaban.

Lento como una tortuga. La agilidad que me caracteriza no está en la andadera con ruedas que me compré para distraer a los abusadores. No lo voy a negar, también para que cuidaran de mí. Mi verdadera agilidad está en lo que pienso. Cuando un jovencito de dieciocho desea hacerme alguna maldad, yo tengo el plan listo para bajarle los pantalones y darle dos sopapos bien dados. Luego vuelvo a agarrar la andadera, ¡y asunto resuelto caballero! Lo acuso de pervertido y abusador.

¿La verdad? Pudiera hacerlo sin la andadera, pero es que ya me cansé de prepararme el almuerzo todos los días y de que piensen que todavía puedo ir a verle la cara a Jackson, en la oficina, de lunes a viernes, entregando informes que el muy imbécil luego no lee.

Lástima por el ascensor, porque se manchó de mierda. Esos dos idiotas pensaron que saldrían ilesos al meterse con Lucía, la mulata de mantenimiento del edificio.

Mi Lucía. Tremendas nalgas. De vez en cuando suelto la andadera para que vea que yo todavía puedo. De hecho, todos los días a la una, paso por el lavandero del pasillo para saludarla y darle una que otra palmadita calentona.

—Ay, don Barbarito, ¡vaya que *usté* es tremendo!

—Mulata, un poco de cariño viene bien a cualquier edad.

—Asere, ¿pero *usté* sigue activo?

—Déjame que suelte la andadera esta pa' que veas cómo me ronca el mambo, caballero...

Todo terminaba en risas. Ella pensaba que estaba jugando. Pero no, yo pensaba que a ella le gustaba. Como es lógico pensar, no se quería meter en problemas con un sexagenario. Tú sabes, para cuidar su empleo de doce pesos la hora, ¿quizás más? ¡No vaya a ser que al viejo Barbarito se le quede en un infarto! Una tembladera de esas que no hay después.

Yo ando en todas. Por mi parte no había problema. Ya lo había hablado con mi cardiólogo, el doctor Narváez Pinzón del Centro Médico Siempre Joven.

—Usted se toma media pastillita de estas, treinta minutos antes de la fiesta y va a andar como un "mono con la pinga suelta". Pero no más de media, Barbarito, no abuse tampoco.

—Oiga doctor, ¿pero la pastillita esa no es peligrosa? *Usté* sabe que uno está entero y tiene preparación física para estas cosas, pero por si las dudas...

—Usted tranquilo Barbarito, siga las indicaciones y vaya encendiendo ese ocho cilindros.

A la mulata Lucia lo que le venía era candela y yo traía la manguera para apagar ese incendio. Pero ese día, dos repartidores medio extraños, con uniformes del UCPS andaban merodeando los pasillos del edificio. Ya los había visto, medio rezongones buscando puertas, como quien no quiere la cosa, pero no llevaban ningún paquete en la mano. Pobres tipos. Quedaron achicharrados en el ascensor. Con más huecos que un colador y oliendo a carbón con vinagre. Pero la mulata quedó a salvo y eso es lo más importante. Treinta años de servicio en el FBI me decían que esos dos andaban en cosas raras.

Vietnam, Corea, Angola, Afganistán, Panamá. Nunca fui a esos países, pero ¡oye, mulato! estaba aquí brindando apoyo de inteligencia, desde la oficina, archivando documentos, creando reportes y clasificando a los malos, eso también cuenta, ¿o no? Bueno no, a la mierda Jackson.

Yo quería un poco de acción, para mostrar la placa, impresionar a las nenas, obtener un pase VIP a los juegos de la serie mundial. Marlins contra Indios y en entradas extras. El colombiano Rentería suelta un trueno al centro y fuimos campeones. No lo vi por culpa de Jackson y su porquería de oficina. Solo me quedaba un año para el retiro y nunca recibí una comisión al extranjero, o un interrogatorio difícil. O cualquier mierda federal que valiera la pena revisar y en la que pudiera demostrar todas mis habilidades militares, combate cuerpo a cuerpo, manejo de armas y todas las cosas para las que fuimos preparados con el fin de proteger a nuestra patria. Así fuese con Günter de compañero, ¿qué importa?

¡Ah! Ese Günter. De compañero servía lo mismo que llevarse al ventilador del techo. No servía para nada. Lo mandaban a sacar fotocopias y venía sin los originales. Por eso lo tenían sirviendo café en los almacenes del primer piso. Pensar en eso me molesta más, porque yo sí tengo un entrenamiento de infantería de la marina, pero Jackson me tenía haciendo lo mismo que Günter, solo que un piso más arriba. Nunca me dio el ascenso que merecía, a pesar de ser el primero en todos los entrenamientos de la escuela de agentes.

Y aun así, mi gata Kiki se quedó conmigo en todos los fracasos. Viendo papeles tirados en la cesta al lado de mi escritorio y custodiándolo hasta que apagara las luces de la oficina, como a las once, oliendo a alquitrán y harto de pizzas congeladas de la máquina dispensadora del segundo piso. Lo más excitante que recuerdo en esas oficinas, fue cuando un mapache se montó en el cielo raso y tuve que bajarlo con un escobillón del cuarto de la limpieza. Pero el malnacido saltó y me cagó la camisa de seda nuevecita que me había regalado mi hija cuando cumplí los cincuenta y pico. Hice una sopa con el desgraciado. Menos mal que era de madrugada. Me tocaba guardia ese día, o lo que es lo mismo, ver los programas grabados de don Francisco comiendo nachos con salsa de queso y jalapeño, mientras Jackson se revolcaba con su mujercita y le contaba sobre la guerra que me tenía.

Hubo un momento en el que sentí que yo para el FBI, era como el chacal para don Francisco. Nunca me veían la cara y además cargaba una trompeta en la mano todo el tiempo. Desgraciado Jackson. Si tan solo supiera que yo fui quien le mató al pulgoso con cara de poseído por el demonio. Sí, bueno, esa es una historia un poco larga, porque a Jackson se le ocurrió invitar a todo el departamento a su casa, a una cena de fin de año por allá en 1999. Nunca llegué a esa fiesta, porque el Pitbull que tenía en el jardín no me dejaba pasar. Ladraba, ladraba y ladraba. Tenía los ojos encendidos como dos volcanes. Esos animales cuando agarran no sueltan y no me iba a dejar arruinar la pinta de Sherlock que me compré en quinientos pesos con el bono anual que nos daban en la oficina. Recuerdo que los gasté con gusto, para lucir como el más exitoso agente del FBI aquella noche. Una auténtica autoridad. Para que vieran todos cómo debe lucir un verdadero lobo, el hombre más peligroso que ha pisado la agencia. Un juego de chaqueta amarilla, con boina de cachemira de un blanco impecable y en perfecta combinación con un par de zapatos de cuero también blancos, pero bien pulidos y sin medias. Miraba para el suelo, solo para peinarme. Cuando caminaba sentía el sabor de fondo: *¡Ay candela, candela, candela me quemo ahí!*

Y el Pitbull chico, ¡no me dejaba pasar!

Por eso asere, no se complique. No hay que estar dando vuelta con pelabolas. Un bistec de *Walmart* con bastante paracetamol y al carajo. A la mierda Jackson y su perro.

Al lado del perro muerto, le dejé una mugrienta gorra de los yanquis que le compré por dos pesos a un borracho cubano que pasaba por el frente de la casa. Se comió el cuento de que yo era *Compay Segundo* y que venía de gira por Miami. ¡Señora pea que tenía, caballero!

Me subí entonces a mi Chevy del 87 y viré para un burdel clandestino que quedaba en la calle ocho. Con ese estilo y los quinientos pesos que me quedaban en el bolsillo, me iba a dar la gran vida. Luego la chaquetica se manchó con pintura de labios, ¿pero que más se va a hacer? A la fichera se lo perdono, pero ¿al pitbull de Jackson?

Recuerdo que en el burdel me llamaban el "007" aquella noche. Las chicas se reían. Todas querían conmigo. Me convertí en el jeque de la calle ocho. El emir de Pinar del Rio. ¡Vaya! Andaba todo inflado por lo que suponía era mi parecido con James Bond. Pero el James Bond de Sean Connery, no estos patiquines de ahora. Tú sabes, alto, apuesto, con ese estilo de mercenario con cartera gorda, un poco más mulato sí, pero siendo agente del FBI, las chicas lloverían de emoción. Ordenaba las botellas de ron con la mano levantada y al ratico tenia a tres sentadas en las piernas. Entonces, me acomodaba la boina de medio lado y miraba para todos lados, con cara seria, como controlando el peligro que puede acechar en cualquier parte. Luego, les decía: «Pongan las dos manos en el volante, soy un pasajero muy nervioso...»

Todas suspiraban. Ese bar enloquecía. Algunos de los tipos que estaban allí esa noche, pagaron y se fueron. Aunque tengo que admitir que después de una pelea con una de las chicas, me dijo molesta que me llamaban el "007" porque solo duraba siete segundos para eyacular. ¡Vaya, la fichera de mierda esa!

¡Ay! Yo sin coger lucha con la envidia caballero. Es que la gente no sabe apreciar el verdadero estilo, pero claro, eso me pasa a mí por andar metiéndome en esos sitios de la calle ocho. Después, cuando me quedé sin un peso, salí disparado del burdel, o me sacaron, sin la boina porque no la encontré. Eso fue al otro día como a las doce. Me quedé entonces durmiendo la resaca en el estacionamiento, dentro de la camioneta. Luego de despertar como a las cinco de la tarde y comerme una bala fría en el McDonald's de la esquina, me fui a la casa a quitarme el olor a bar de mala muerte y a seguir viendo a Don Francisco, tirado en el reclinable que ocupaba Kiki mientras yo no estaba. Revisé varios mensajes en la grabadora de los compañeros de trabajo preguntándome por qué no había ido a la fiesta de Jackson. Y menos mal que no entré porque todo terminó a carajazos, cuando tuvieron que salir a apresar a un mendigo borracho que le había matado al perro. A eso le llaman Inteligencia Federal.

¡Aquellos ojos verdes...Serenos como un lago! Me encanta esa canción. Y si la canta Ibrahim, pues ¡apaguen todo caballero! porque se la voy a dedicar al perro de Jackson. ¡Y al animal de su dueño, también!

¿Sabes lo que es retirarse a los sesenta y pico y que solo te den un diploma de esos que imprimen las secretarias en la oficina?

¡Ah! y un pedazo de anillo de oro laminado que no me entraba porque el desgraciado anotó mal la medida de mi dedo.

—Estamos acá todos reunidos para reconocer la labor de un gran agente que hoy se retira. Barbarito Fuentes, quien a través de estos treinta años de servicio ha sido un ejemplo para todos nosotros. Más que un compañero de trabajo que lo ha dado todo en servicio de su nación, ha sido un gran amigo —.Paja, paja y más paja. Yo cerraba los ojos para fingir que estaba emocionado, cuando lo que estaba pensando era en salir disparado para el burdel a celebrar que nunca más tendría que verle la cara a ese imbécil, que frustró la brillante carrera del mejor agente del FBI que este país hubiese conocido jamás. ¡A ver ahora, mecaniquito, si con el dedo enterrado te pudiste aprender el tamaño de mi anillo!

Por eso, no cojo lucha, caballero y voy con mi andadera para todas partes. Para que nadie sospeche de la verdadera arma asesina que hay detrás de mis guayaberas de algodón, de la nueve milímetros que llevo pegada al culero desechable y de la navaja suiza amarrada al tobillo.

El día de la explosión en el edificio, el policía, como hombre decente, fingió no verme el aparato. Pero lo que ni siquiera sospechó es que, si Lucía no hubiese metido ese frasco granada y me hubiese jalado por la andadera antes de que se cerraran las puertas del ascensor, yo solito me hubiese encargado de darles su merecido a los dos agentes rusos disfrazados de repartidores que horas antes me sometieron a la entrada de mi apartamento. Seguro querían torturarme, o llevarme a algún país extraño para que les contara todo acerca de los secretos federales que aprendí en mis treinta años de servicio en el FBI.

¿O será que solo querían robarme los zapatos blancos?

3
EL AGUA QUE DERRAMÉ AYER

Para el momento en el que la imagen sobre el lienzo cobró vida y justo antes de que el terror se liberara, el agua se había derramado, y junto con ella se esfumó también toda posibilidad de revelar la verdad de lo que pasó aquella lluviosa tarde de mayo de 2009 en Detroit. Mi nombre es Laura, sin el apellido de casada. No tengo idea de lo que ocurre, pero no quiero estar ni un segundo más aquí. Me encuentro en una casa abandonada de la calle Robson, la cual recibí como parte de pago por un trabajo artístico que realizaré para la señora Barnes. Estoy aquí para inspeccionar la casa, sin embargo, lo que ocurre es escalofriante.

Escucho la puerta principal cerrarse. Subo de inmediato, desde el sótano, el cual no es más que un cúmulo de escombros amontonados, zapatos viejos, ropa inservible y una vieja mesa de madera, sobre la que reposa lo que parece ser una pintura cuidadosamente enmarcada, boca abajo. No he querido voltearla para evitar dañarla. Necesitaría la ayuda de otra persona y Jason y yo quedamos en que nos encontraríamos aquí, a las cinco, después de que llevara a nuestro hijo a un especialista de emergencia que consiguió para hoy. De seguro, la señora Barnes olvidó esta pintura aquí y algún percance debe haber ocurrido para que, tanto Jason como mi hijo, me olvidaran a mí también.

Al llegar a la planta superior y esquivar tablas, piedras y otros objetos producto del abandono, tomo el viejo picaporte con ambas manos. Sigue trabado. Estoy encerrada desde las cuatro. No he podido abrir la puerta desde entonces. La he golpeado con algunos restos que he conseguido, pero todo ha sido en vano. Escucho pasos afuera, pero la fuerte lluvia se acomoda en la noche para no dejarme distinguir nada. Podría ser solo un vagabundo, pero no lo creo. Quizás un venado u otro animal intentando entrar; no parecen ser personas. Desde el techo se presentan algunas goteras, que hacen ahora que el agua entre en algunas partes de la sala.

—¿Hay alguien allí afuera? ¿Podría llamar al 911? ¡Estoy encerrada aquí!

No obtengo respuesta. Reviso de nuevo mi teléfono móvil, pero sigue sin señal.

—Demonios, ¿cómo haré para salir de aquí? Imagino que Jason habrá tenido algún problema con el auto.

Camino sobre los escombros en cualquier dirección con mi teléfono en la mano. Busco algo de señal. Procuro alumbrar un poco con el teléfono para llegar a la cocina. Marco rápidamente al 911.

La llamada no se puede realizar. Mi teléfono se ha quedado sin carga. Este es el verdadero inicio de la tragedia. El agua no debió haberse derramado.

Cosas de niños

Fue en la mañana de ayer, a las ocho menos quince, cuando la alarma sonó para todos en la casa. Alguien se preguntará quiénes somos todos. En realidad estábamos mi esposo Jason y nuestro hijo Richard, de ocho años. Esa hora siempre ha sido una constante para nuestra rutina, incluso antes de que naciera Richard. Cuando el reloj suena, es porque ya estoy despierta. Nunca he perdido esa curiosa costumbre de levantarme antes que el reloj. Desde pequeña le he tenido pánico a llegar tarde a cualquier sitio y es usual, en mis pesadillas más profundas, sentir que, por muchos intentos que haga, la puntualidad me esquiva. No en vano, me acuesto con una larga y poco precisa lista de tareas en mente para luego tratar de levantarme temprano y verificar que no tengo nada más pendiente. Llamar a Dilan, reunirme con la señora Barnes, comprar los materiales para el trabajo, ir a la presentación de Richard, pasar por la oficina de correo, la tintorería, en fin.

Los lápices los utilizo para pintar. No se me da muy bien eso de anotar cosas pendientes como un acto de fe entre el papel y mis preocupaciones, tal y como me lo recomendó el doctor Gladstone, mi terapeuta. Se lo he dicho miles de veces. Los papelitos se me pierden, las agendas me incomodan y las carteleras me agobian. Pero él no lo entiende así.

—Laura, escribir tus preocupaciones te hará sentir más aliviada contigo misma. Debes intentar relajarte y preparar al cuerpo para la necesaria función del descanso.

—Doctor, si lo escribo, entonces estaré pendiente del papelito.

Nunca he creído en los terapeutas. Por lo general, resultan estar más locos que tú. Pero Jason ha insistido en la necesidad de que reciba ayuda desde aquel episodio con Richard y a decir verdad, el doctor Gladstone parece un buen hombre. Además, detenerme en su consultorio es una excelente excusa para tomar el café del Livernois con el buñuelo de piña. Están en la misma plaza. De alguna manera, me escapo a lo mío y aprovecho el verano para observar detalles que me inspiren a pintar. Es lo que hago. Es lo que mejor hago.

Claro que para Jason no es tanto problema. Duerme con la boca abierta como si el mundo no esperara por él, o como si el desayuno de Richard se preparara solo. Admito sentir envidia ante su tranquilidad. Por eso duermo de espaldas a su rostro, ya que me irrita observar la correspondencia mutua que existe entre su expresión de placer y la almohada. Parece que se entendieran a la perfección. Quizás Jason tenga razón y por eso nunca aprendí a bailar. No pude acostumbrarme a seguir los pasos de alguien más. Es decir, no hablo de rebeldía en sí misma, sino de la situación con mi almohada, la cual algunas veces se comporta como un bloque de cemento caliente que se afinca sobre mi cuello y me atormenta la cervical. Otras tantas, cuando intento voltearla para conseguir su lado más fresco, me abandona a la suerte de lo que será una larga noche de insomnio. Duermo del lado derecho de la cama y podría moverme en cualquier dirección para intentar buscar con mi cuerpo algún resquicio de comodidad. Cambiar mi colcha o plantarle cara a las aleatorias formas triangulares que el albañil le dio al techo, forman parte de ese ritual de ajustes constantes que mi cuerpo hace para quejarse del aposento. Entonces, volteo hacia la cara de placer de Jason y todo comienza de nuevo.

Al menos antes tenía la justificación del cuidado de Richard. Me levantaba y daba una vuelta por su cuarto para corroborar que dormía mejor que cualquiera de nosotros dos. Rara vez se despertaba de madrugada para quejarse por algo y, cuando lo hacía, solo golpeaba un par de veces su cama cuna con las piernas. En el medio de la oscuridad, salía de nuestro cuarto acompañada de toda una parafernalia de gestos, bostezos y sonidos posibles para que Jason despertara. Sin embargo, luego de la típica frustración que me producía su imperturbabilidad, optaba por ir hacia la derecha, acomodando mis pantuflas en el pasillo para, luego de pasar el baño de servicio, llegar a tropezones al cuarto de Richard. El nene tenía los ojos abiertos y los brazos hacia el frente para que lo levantara sobre mis brazos, sin rastro alguno de llanto o agitación. Jason ni se enteraba de eso. Al final son padre e hijo.

—Ok, señorito pereza, es hora de levantarse.

—Mamá, cinco minutos más...

—Vas a llegar tarde a la escuela, y no quiero que la maestra Norman te llame la atención otra vez. Así que ¡vamos!, al baño.

—¿Me dejarás pintar en tu salón luego de la escuela?

—A ver, a ver, a ver... El señorito pereza quiere negociar... ¿Qué le parece si antes de eso pasamos por un helado de vainilla?

—Con sorpresas de color...

—¡Trato hecho!

—¿Le comprarás uno a Lucas?

—Cariño, ya hemos hablado de esto antes... Está bien que tengas un amigo imaginario, pero debes ir procesando la realidad.

—Pero mamá... Lucas se pondrá furioso si lo dejamos sin helado...

—Está bien, uno para ti y uno para Lucas...

Detroit es una gran ciudad. O al menos lo será otra vez en un futuro no muy lejano. Antes de entrar al negocio de la banca, Jason tenía más de diez años como agente de bienes raíces y, a decir verdad, todavía no salimos de nuestro asombro al conseguir esta casa como parte de pago por una pintura al óleo para una cliente muy exclusiva. La casa requiere mucha restauración, eso sí. Además, la zona no es habitable aún. Muchas casas vacías en un perímetro de cinco cuadras, la mayoría quemadas por sus propios dueños debido a la debacle inmobiliaria del 2008. Ante la imposibilidad de pagar sus hipotecas, las personas de las clases más vulnerables se vieron en la necesidad de buscar indemnizaciones forzadas por parte de los seguros. ¡Un auténtico caos! Pero Jason investigó un poco con antiguos colegas de trabajo y estamos al tanto de que ahora un importante grupo constructor ha comenzado un proyecto para recuperar el sector con la ayuda del gobierno de Michigan.

Tenemos un solo auto, con el cual me quedo la mayor parte del día. Camino a la escuela y luego al trabajo de Jason, ambos coincidimos en que este es el proyecto para hacer crecer el patrimonio familiar. Una oportunidad de proyectar mi trabajo y un futuro asegurado para Richard.

—Richard, ¿tomaste tu desayuno?

—¿Emparedados de mantequilla de maní?

—Y una manzana...

—Mamá, ¿puedo llevar a la escuela al señor cara de papa?

—¿Me prometes que cuidarás de él? ¡Jason! ¡Se nos hace tarde!

—¡Ya estoy bajando! —responde Jason al bajar las escaleras y luchar con el nudo de su corbata.

—¡Papá! Mamá me dejará llevar al colegio al señor cara de papa...

—¡Qué bien, Richard! Así le podrás demostrar a tus amiguitos los superpoderes de *Super Potato*.

—¿Podemos comprarle un señor cara de papa a Lucas? Es que siempre me quiere quitar el mío...

—Amor... —intento responder, inclinada en el lavaplatos.

—¡Tu mama y yo lo discutiremos! ¿Está bien? —contesta Jason, interrumpiéndome.

—¡Sí! —grita Richard, exaltado.

—¡Jason!

—No hemos dicho que sí... Solo lo conversaremos. Ahora, prométeme una cosa, pequeño: tienes que decirle a Lucas que ya eres un niño grande, y que no puedes verlo todo el tiempo. Los niños grandes deben hacer cosas que solo los niños grandes pueden hacer.

—¿Como llevar al señor cara de papa al colegio? —contesta Richard.

—Tienes que cuidar del señor cara de papa. Eso solo lo hacen los niños grandes. ¿Te gustaría un perrito?

—¡Sí! Pero a Lu... ¡Sí!

—Excelente. Demuéstranos que ya eres un niño grande como para cuidar a un perrito. Ahora, toma tu mochila y espéranos en el auto.

Saltando de alegría, Richard se dirige a la cochera.

—¿Qué demonios fue eso, Jason? Nunca hemos hablado de un animal en la casa.

—¿Quieres lidiar toda la vida con un amigo invisible o prefieres limpiar caca de perro? Tenemos que intentar que el niño oriente su atención hacia otra cosa, al tiempo que adquiere responsabilidades. Tienes un esposo brillante, ¿no?

—Solo digo que debimos hablarlo primero... Pero vámonos, llegaremos tarde a la escuela. Además, quiero que sepas que el niño me ha pedido ir al estudio a pintar.

—¿Qué te ha dicho el doctor Gladstone de esto?

—Me dijo que lo dejara expresarse, pero que intentara darle temas sobre los cuales dibujar. Que utilizara la pintura para tratar de comunicarme con él y canalizar así sus fantasías.

—Espero que el *doc* sepa lo que está haciendo...

—Es el psiquiatra, Jason. Pero te confieso que a mí también me aterra pensar que pueda ocurrir de nuevo. ¿Hablaste con la maestra Norman?

—Sí. Está al tanto de la situación.

La señora Barnes

—He escuchado mucho en el club de golf acerca de tu talento.

—Gracias, es usted muy amable.

—Y ese cuadro en la casa del doctor Gladstone... Es toda una inspiración para mí. Reconozco que muchas veces lo he ido a visitar solo para observarlo. Entiendo, según sus palabras, que eres egresada de la Escuela de Artes de Nueva York...

—Así es... Señora Barnes, ¿es usted amante del arte?

—Digamos que soy una persona con gran debilidad por las decoraciones elegantes. A mi edad, solo me conformo con una sala bonita cuyo estilo gire alrededor de un punto. La clave de la vida, un punto mágico que concentre todo lo que deseamos y lo que hemos vivido. Un instante visual puede hacer la diferencia para un buen anfitrión.

—Oh, sí... En realidad, me encanta retratar significados.

—¿Quieres algo de tomar? ¡Qué desatención de mi parte! Nos quedamos paradas al frente de la sala y ni siquiera te he invitado a pasar.

—No se preocupe, estoy bien.

—Al menos pasa y toma asiento, querida. El olor te invitará a probar el magnífico jugo de manzana de la abuela Barnes. Todos vienen a casa para tomar un poco.

—La manzana me produce algo de acidez. Me conformaría con un poco de agua.

Con gestos de timidez, Laura accede a pasar a una sala pequeña con dos sofás antiguos, pero en muy buen estado. Uno frente al otro. En el medio, destaca una decoración de peonías en coral que revelan la intención de la señora Barnes de recrear un espacio muy cómodo para charlar, tomar el té o el jugo de manzana del cual minutos antes ha alardeado. Atravesada contra la esquina de la habitación, una cómoda blanca con inesperado estilo griego sirve de base para algunos artefactos decorativos, lo que incluye también a algunas fotos en blanco y negro presumiblemente familiares, en las cuales su ausencia es un elemento llamativo.

—¿Es su familia? —pregunta Laura a la señora Barnes, quien regresa ahora de la cocina con un vaso en su mano izquierda y una jarra de vidrio en la otra.

—¿Las fotos? Ah, sí... Son mis nietos. Pianistas todos. No tengo idea de dónde sacaron esa vena artística.

—Entiendo... Eso explica el bello *Steinway* de cola que está en su sala. Me identifica mucho la fusión minimalista con el arte clásico... Usted también luce como una virtuosa del buen gusto musical.

—Lo era, querida. Solo tocaba un poco. Con los años, la artritis se hizo presente para hacerme vivir de recuerdos y del jugo de manzana, el cual tú te has negado a probar...

—Esas fotos de sus nietos parecen viejas, quizás del siglo pasado. Y este efecto de fuego sobre los bordes... ¿algún artista las retocó?

—Mi exesposo lo hizo, pero si me lo permites, no me gustaría continuar hablando de este tema.

—Oh, mis disculpas, señora Barnes. No sabía que era un tema sensible.

—Definitivamente lo es. Como te dije anteriormente, me gustaría que pudieras realizar un óleo con esta foto de mi nieto mayor, sin más información...

—Le pediría que me hablara un poco de su vida, para intentar reflejar una historia detrás de la obra, pero no se preocupe. Los artistas virtuosos no necesitan mucho más que contar que su propia música.

—Gracias por la consideración. En esta cinta puedes comprobar su majestuosidad al interpretar a *Schuster*.

—¡Oh! Una cinta de audio. Hace mucho tiempo no veía una de estas. ¿No tiene algún archivo digitalizado? Me refiero a que me facilitaría un poco las cosas.

—Lo siento, querida. Como podrás imaginar, a las personas mayores no se nos da eso de la tecnología. Pero descuida, cualquier costo adicional en el que incurras lo puedes agregar a nuestro acuerdo final de tres mil dólares y la casa de la calle Robson.

—Excelente —dice Laura al mismo tiempo en el que toma el vaso de vidrio con agua que segundos antes le había traído la dulce señora—. Es una belleza. Me refiero al vaso. ¿Vajilla de los años cuarenta, tal vez cincuenta? Imagino que este hilo al borde del vaso es de oro...

—Tiendo a coleccionar este tipo de cosas. Para mí, estos objetos viven en su belleza, pero también en las historias que tienen por contar.

—¿Alguna historia en particular?

—¿Qué hay del doctor Gladstone? —dice la señora Barnes en un intento por desviar la conversación.

—Disculpe que interrumpa la conversación aquí, pero creo que es momento de retirarme. Debo atender algunos asuntos pendientes...

Sin embargo, al levantarse del sofá, Laura deja caer de forma accidental el vaso con agua, el cual estalla en pedazos al tocar el suelo de madera.

—¡Oh, señora Barnes! ¡He sido muy torpe! Pero descuide, recogeré este desastre y le pagaré el vaso.

—¡No te preocupes, Laura! Estas cosas pasan. Espero no haberte aturdido con mis cosas.

—De ninguna manera, señora Barnes —dice Laura, muy nerviosa—. Insisto en que me permita ayudarle a recoger.

—¡No! —responde la señora Barnes de forma categórica y con un grito que retumbó en las paredes de la casa. La expresión en sus ojos ha cambiado, como dos llamas que pueden quemar todo a su alrededor—. Lo mejor es que te retires para que puedas atender tus asuntos.

—No sabe cuánta vergüenza tengo. Tiene usted una casa muy linda —dice Laura, mientras que es acompañada hasta la puerta.

—Hasta luego, Laura. Ha sido un gran placer. Soy una gran admiradora de tu trabajo. Y disculpa si me excedí con el episodio del vaso.

—Hasta pronto, señora Barnes. No se preocupe. Comenzaré a trabajar de inmediato en la obra y le daré noticias del avance.

Genio

Luego de hablar durante todo el camino de las opciones de restauración de la casa nueva, una indeseada fila de autos en la escuela de Richard nos da la bienvenida. No he tenido la oportunidad de ver el interior de la casa, solo algunas fotografías mostradas por la señora Barnes. Sabemos que, en el peor de los casos, el lote de terreno sería una excelente adquisición.

—Jason, creo que es mejor que te bajes con Richard y caminen hasta la entrada. La fila está muy larga.

—Mamá, ¿vendrás por mí para ir por helado de vainilla?

—Sí, cariño. Pórtate bien hoy y cuida mucho al señor cara de papa. Haz caso a todo lo que la maestra Norman diga.

—¡Sí, mamá!

—¿Un beso para mamá, que comprará helado? ¡Te amo!

Jason se ha bajado del vehículo junto con Richard y ahora ambos caminan hacia la entrada del colegio. La maestra Norman ha salido a recibir al chico. La fila avanza, aunque muy lento. Jason se detiene y conversa con la maestra, mientras yo bajo el tapasol del vehículo para revisar el estatus de mi maquillaje. Solo pude hacerlo a medias antes de salir de casa. Al mirar por el espejo de vanidad, un rostro horrible, de una mujer desfigurada por impactantes quemaduras aparece sentado en el asiento trasero. Grito. Grito muy fuerte y bajo del vehículo. Jason y la maestra Norman corren hacia mí. Los conductores delante y detrás de mi auto muestran caras de estupefacción desde sus asientos. Bajo del vehículo para comprobar que no hay nadie sentado en la parte trasera.

—Laura, ¿qué pasa? —dice Jason, agitado, quien me toma por un brazo y se asoma al interior del vehículo.

No tengo nada para decir. Solo tapo mi rostro y lloro con desconsuelo. Aterrada. De inmediato, fabrico una respuesta para no levantar sospechas en la maestra Norman.

—Es mi amiga Sofía. Ha sufrido un accidente y ha muerto.

Jason me mira fijamente. Ha entendido lo que ocurre y decide seguir la corriente con mi historia.

—Oh, querida, cuánto lo siento. ¡Es una terrible noticia que ha recibido! —comenta en voz alta, con tonos fingidos, para todos en la fila, incluyendo a la impávida maestra.

—Es una lástima. Lamento profundamente su pérdida —contesta la maestra con cierto aire de recelo—. Señor Cooper, espero que podamos terminar la conversación en otro momento.

—Sí, maestra Norman. Vendremos a verla mañana para conversar acerca de lo sucedido —responde Jason.

De inmediato, hago un gesto a la maestra para subir al auto. Jason cierra mi puerta y se disculpa con el conductor detrás de nosotros. Ajusta su corbata y camina por el frente del vehículo para subir por la puerta del pasajero.

—Arranca ya —dice entre dientes, al tiempo en el que le sonríe a una madre que camina con su hija por la acera sin quitarnos los ojos de encima.

Una vez fuera de la escuela, detengo el auto. No puedo parar de llorar. Le cuento a Jason lo sucedido. Él muestra comprensión, pero también impotencia.

—¿Qué pasó con Richard? ¿Qué te dijo la maestra Norman?

—Después conversamos de eso. Ahora cálmate. Si quieres te dejo en la casa y yo me llevo el auto.

—No puedo. Debo pasar hoy por la casa de la señora Barnes para cerrar el trato con lo del trabajo.

—¡Aló! ¿Mike? —dice Jason luego de marcar su teléfono—. Oye, viejo... ¿Qué posibilidad hay de que puedas cubrirme hoy con lo de *JP Kingston*?

—¿Qué haces, Jason? —le pregunto—. Esto no es necesario...

Sin responderme, solo me mira a los ojos, toma mi antebrazo con su mano izquierda y responde a su interlocutor:

—Sí, perfecto. Solo un inconveniente familiar. Pero todo está bien. Iré a trabajar el sábado, ¿te parece? Está bien... Gracias, amigo.

Suspiro profundo, con un gesto de desagrado.

—Jason, ¿por qué haces esto? No necesito niñeras...

—Solo por hoy, amor. Nos ayudará pasar un poco de tiempo juntos.

—Jason...

—Es Richard... La maestra Norman quiere que sea evaluado más profundamente. Entró ayer a la clase de artes y dibujó algunas cosas perturbadoras. Piensan que puede tener un talento superior.

—¿Cómo que un talento superior? —respondo, intrigada.

—Tocó el piano con un virtuosismo que nadie se explica. La maestra me preguntó si ha estado recibiendo lecciones de música en casa. Le dije que ni siquiera teníamos un piano. Me dijo que el colegio quiere prestarle un teclado para que practique. Tenemos que recogerlo y buscarlo hoy.

—¿Qué demonios pasa, Jason? —Detengo el auto de nuevo y apoyo mi frente suavemente sobre el volante—. No sé si alegrarme o preocuparme por lo que me dices.

—Solo sigamos el camino para ver a dónde nos lleva.

—Llamemos al doctor Gladstone…

—Sí. Me parece una buena idea.

Una larga noche

Al salir de la casa de la señora Barnes, la confusión me invadía un poco. No lo niego. Aquella mujer de edad avanzada tenía un aire extraño. Digamos que es algo ecléctica, lo cual concuerda perfectamente con sus deseos y hasta con su estilo de decoración.

Jason esperaba por mí en el auto. Luego de hacer algunas diligencias pendientes, cambiar de conductor y de almorzar juntos, algo que no hacíamos con mucha frecuencia, manejó hasta la avenida Jefferson para llevarme a cerrar el negocio del óleo con la señora Barnes.

—Oye, no vas a creer lo que tengo aquí —dije a Jason al mismo tiempo en el que subía al auto.

—No me digas que te pagó por adelantado…

—No. La señora Barnes quiere que escuche esta cinta para entender un poco más al personaje del retrato.

—¿Una cinta de audio? Una TDK de sesenta minutos... ¡Una reliquia! ¿Dónde conseguiremos un reproductor para esta cosa?

—No tengo idea. Déjame buscar en internet algún sitio en el que nos puedan digitalizar el audio.

—¡Aguarda! ¿Recuerdas el reproductor *walkman* que utilizaba cuando hacía ejercicio en nuestra época de novios?

Reímos.

—¿De qué hablas? ¿Eso existe?

—En las cajas del sótano. Las que nunca abrimos desde la última mudanza. Puedo probarlo para ver si todavía funciona.

—Primero debes hallarlo, señor *Melrose Place*.

—No te burles de mí. Te gustaba escuchar música en mi casa con ese aparato.

—Jamás saldría con él...

—Solo es cuestión de gustos...

Tengo que admitir que la idea de pasar el día juntos era muy romántica. Aunque todavía nos faltaba regresar a la escuela a buscar a Richard, con toda posibilidad de encontrarnos de nuevo con la maestra Norman.

—¿Llamaste al doctor Gladstone? —pregunté a Jason.

—Si, pero me atendió la secretaria. La cita más próxima es para la semana entrante.

—Cielos. Qué difícil resulta obtener una cita médica en esta ciudad...

Al llegar a la escuela y como era de esperarse, la maestra Norman aguardaba afuera con Richard.

—Hola, maestra Norman... Hola, mi amor...

—Señora Cooper, espero que esté mejor.

—Sí. Solo fue una mala noticia. Por favor, llámeme Laura. No utilizo el apellido de casada.

—¡Oh, disculpe usted¡ Imagino que su esposo le habrá comentado...

—Sí, lo hizo— respondo a la maestra Norman sin ver su rostro— Cariño, ¿puedes esperarme con papá en el auto?— refiriéndome esta vez a mi hijo.

—¡Yo llevo el teclado y al señor cara de papa! —contestó Jason.

Una vez ambos se alejaron lo suficiente, la maestra Norman comentó:

—Laura, entiendo que es una situación familiar complicada. Pero Richard necesita atención especial.

—Maestra Norman, con todo respeto, mi hijo no es un objeto raro...

—De ninguna manera, no me refiero a eso. Pero creemos que el niño está manifestando, a través de los dibujos, algunos problemas que usted y su esposo puedan tener en casa.

—Lo siento, pero Jason y yo tenemos una relación normal.

—Entiendo, su punto de vista. Pero recuerde que algunas cosas que para usted serían normales para el niño pueden resultar mucho más violentas.

—Maestra Norman, no le permito que insinúe violencia doméstica en mi familia. Somos muy unidos y en ningún momento hemos sido agresivos entre nosotros.

—No me malinterprete... Pero es nuestro deber preguntar...

—Le agradezco su interés y el cuidado que tiene con Richard. Pero él está siendo atendido por el mejor terapeuta de Detroit.

—El doctor Gladstone. Sí, lo sé. ¿Y ustedes?

—¿A qué se refiere con "ustedes"?

—En estos casos, la familia necesita tanto apoyo como el niño.

—Maestra Norman, creo que ha sido todo por hoy. Gracias.

—Este es uno de los dibujos que Richard hizo en la clase de arte —dijo la maestra Norman al mismo tiempo en el que mostraba una hoja de papel con trazos improvisados de acuarela—. En este dibujo, se observa a una mujer de mediana edad intentando incendiar una casa con un hombre y un niño adentro. Y de estos, tenemos siete. Todos en escenas distintas de violencia. Y no quiero suponer nada, esa no es mi labor aquí. Pero en todos ellos la agresora es una mujer.

—Maestra. Evítese este tipo de insinuaciones. Tomaremos cartas en el asunto —dije mientras tomaba el dibujo y lo colocaba en mi cartera.

Esa tarde, luego de los helados y de comprar otro ejemplar del señor cara de papa, llegamos a casa como a las seis. Jason podía notar la tensión en mi rostro durante todo ese tiempo en el que no pudimos conversar acerca de lo sucedido entre la maestra y yo. Tal y como le prometí a Richard y luego de cenar una pizza que ordenamos para entrega, bajé al estudio para comenzar algunos bocetos, mientras Richard se sentó a mi lado para dibujar en un pequeño retazo de lienzo que le ubiqué en el suelo. Jason se quedó en la sala conectando el teclado para las prácticas del niño.

—Hoy haremos una competencia. Yo comenzaré a dibujar esta foto y tu dibujarás al señor cara de papa. ¿Qué te parece? —le dije a Richard, mientras extendía la foto sobre un pedestal a los ojos del niño.

Richard hizo un gesto de negación con su cabeza.

—Ok, hijo, ¿te gustaría dibujarme a mí utilizando este *walkman* de papá mientras pinto?

Richard hizo de nuevo un gesto de negación.

—Vaya... Está difícil nuestro artista invitado del día de hoy. ¿Qué deseas dibujar?

—Quiero dibujar lo mismo que vas a dibujar tú.

—¡Vaya sorpresa! Richard quiere competir con su madre, de igual a igual. De acuerdo, señor pintor, pero pongamos reglas justas. Vamos a darle un nombre a nuestra obra antes de comenzar.

—Mamá, ¿para qué le vamos a dar un nombre si ya lo tiene? —preguntó el niño, señalando la foto.

—¿Como que ya lo tiene?

—Si. Vamos a dibujar a Lucas... Ese es Lucas.

—¡Ok, suficiente! Es hora de dormir. No habrá competencia.

—¡Pero mamá!

—¡Dije que no! —grité a todo lo que daba mi voz.

—¿Qué ocurre? —dijo Jason asustado, quien bajó al sótano luego de que el niño subiera desconsolado.

No pude decir más nada. Tampoco pude pintar esa noche. Luego de una larga conversación, Jason y yo decidimos irnos a dormir. Pasmos por el cuarto de Richard y vimos que ya se había dormido.

Se hizo obvio que esa sería una larga noche para mí. Tomé los medicamentos que me recetó el doctor Gladstone y me acosté con el *walkman* de Jason, el cual ya habíamos comprobado que sí funcionaba. A medias, pero funcionaba. Solo había que tener cuidado con que no se enredara la cinta; después de todo, era la cinta de la señora Barnes y, además del vaso, no quería dañarle esa reliquia también.

Luego de apagar las luces y llorar en silencio por un par de horas, comprobé que Jason también se había dormido. Tomé el viejo reproductor y lo presioné con cuidado para escuchar la grabación. A continuación, comenzó a sonar una interpretación en piano, bellísima. La reconocí al instante como la magnífica pieza "El agua que derramé ayer," del músico austriaco Leopold Schuster. Fue objeto de estudio en la escuela de artes en alguna clase durante mi preparación académica. La disfruté como nunca. Ese chico era un virtuoso con el piano. Pude visualizar, durante su interpretación, a un hombre sensible, de maneras decididas y muy formal.

Sin embargo, y como era de esperarse, luego de unos dos minutos de reproducción la cinta se enredó. No obstante, la música continuó sonando, esta vez más cercana. Un frío me recorrió de pies a cabeza. Presioné varias veces el botón para detener la reproducción, y aun así la ejecución continuaba en el mismo punto en donde la dejé. Horrorizada, me quité los audífonos para comprobar que la ejecución del piano venía desde nuestra casa.

Salí del cuarto, no sin antes caerme y golpearme la cabeza con la puerta. Me levanté y bajé de inmediato las escaleras. Esta vez Jason sí se despertó y corrió tras de mí.

Nuestro hijo estaba tocando el teclado. Interpretaba la misma obra musical que yo estaba escuchando en el *walkman*.

La casa de la calle Robson
Camino sobre los escombros en cualquier dirección con el teléfono en la mano. Busco algo de señal. Procuro alumbrar un poco con mi teléfono para llegar a la cocina. Marco rápidamente al 911.

La llamada no se puede realizar. Mi teléfono se ha quedado sin carga. Este es el verdadero inicio de la tragedia. El agua no debió haberse derramado.

Tomo entonces la botella de agua desde mi cartera de mano y trato de ingerir sorbos para calmar mi nerviosismo. Sin embargo, desde la cocina, el picaporte de la puerta principal comienza a verse forzado con movimientos muy violentos.

—¿Quién está ahí? ¡Esto no es gracioso!

Nadie responde. Los golpes sobre la puerta se hacen más fuertes. La van a derribar.

Bajo desesperada, tropezando con absolutamente todo lo que encontraba. No puedo ver bien en la oscuridad. Debo resguardarme en el sótano y buscar algo con que defenderme.

Al llegar a la mesa donde estaba la pintura, desprendo la barra de acero que está presionando sobre la obra, pero la botella de agua que había colocado en la mesa, se derramó sobre el polvoriento lienzo. Una luz blanca, muy brillante, brota entonces desde la pintura. Presa del pánico, caigo sentada sobre algunos trastes viejos frente a la mesa. Es un retrato. Se trata de la misma foto que la señora Barnes tenía en su casa. Al pie se puede leer: "*Lucas Barnes, año 1853*". Todo acaba aquí. Siento mucho calor. No viviré más esta pesadilla.

Infierno

Al día siguiente, la prensa y otros medios de comunicación de Detroit estaban muy consternados. Los cuerpos de Jason y Richard Barnes, de cuarenta y uno y ocho años respectivamente, fueron hallados calcinados al interior de su vivienda completamente destruida por las llamas. Se presume que la autora del doble homicidio fue la famosa artista Laura Barnes, quien además fue encontrada por la policía, ahorcada en el sótano de una vivienda abandonada en la calle Robson.

4
¡ALÓ! ¿TERESA?

Esta es la llamada telefónica que doña Teresa, de apellido desconocido, recibió en su residencia para seniors de la avenida Collins en Miami Beach:
—¡Hola!
—¡Hola, ¿Teresa? Soy Rosa Guevara del cinco tres.
—¡Hola! ¡Hola! ¡Hola!

—Teresa, ¿Me escuchas?

—¡Hola! ¿No me interesan las duchas? No. Para esas cosas, llame después.

—¡Exacto amiga! Soy Rosa del cinco tres. Pero, ¿ya estás escuchando mejor sin el aparatico?

—¿Qué? ¿Me va a estar llamando cada ratico? No señora, no sea abusadora...

—¡Hola! ¡Teresa! Creo que se cortó... Sí, amiga, te llamaba para pedirte la aspiradora, la que se te dañó. Es que hoy me enteré que mi marido las repara...

—¡Señora, por favor! ¡Un poco más de respeto! Esta es una casa de familia. ¿Qué me puede importar a mí si a su marido no se le para?

—Sí, las repara. Yo no sabía, qué maldad. Y mira que yo boté la chiquitica, la azul. Esa me gustaba porque era livianita.

—¡Hola! Señora, mira, de eso yo no sé, pero qué bueno que después que su marido se toma la pastillita azul, usted queda más livianita... En eso, no le puedo ayudar...

—¿Ah? Sí, perfecto. Yo le digo a Ernesto que la vaya a buscar. Teresa, otra cosa, ¿tienes mentol?

—¡Hola! ¡Por la sangre de Cristo, este teléfono se escucha bajito! Sí, señora, yo creo que eso le va a ayudar, mejor que vaya al doctor... Por ahí dicen que la canela es buena para el vigor...

—Sí, amiga... Y eso que se lo dije al doctor la última vez que fui a verlo... Es como tú dices, la cadera la tengo en dolor... Estos dolores son una cosa complicada...

—¿Rosa Guevara? ¡Ay, amiga! Disculpa... Pensé que era alguien fastidiando por teléfono... No me di cuenta... Estos oídos míos cada día van peor...

—¿Por el ascensor? No, chica, no me la mandes por ahí... Yo le digo a Ernesto que vaya a buscarla cuando termine de arreglarme la secadora...

—No me digas que Ernesto te está arreglando la aspiradora... No sabía que tu esposo arreglaba aspiradoras... La mía está dañada, chica... ¿Será que me le echa un ojito?

—Sí, ya va bajando en un rato... Mira, hablando de otra cosa, ¿viste cómo está el cambur en el supermercado?

Toc, toc, toc...

—Rosa, espérame que están tocando la puerta... ¿Quién es?

—Teresa, es Ernesto, el esposo de Rosa...

—¡Hola, mijo! Menos mal que viniste a buscarme la aspiradora... Me da mucha pena contigo por lo de allá abajo... Llévate esta ramita de canela y la pones a hervir. La pones al sereno de la Virgen del Pilar y te tomas el agua todas las noches...

—Oye Teresa, ¿pero la canela para qué es?

—Bueno, mijo, tú sabes que a mí no me gusta meterme en esas cosas... Pero Rosa me dijo lo de la pastillita azul...

—¿Qué dices?... Ah sí, lo del cambur... Está carísimo: un kilito en cinco pesos... Yo le digo a Rosa que le mandaste la canela para la cadera... Mira para allá, no sabía que la canela servía para eso...

—¿Ah? La canela no creo que te lo ponga tieso, pero ponle fe... Tú eres un hombre joven todavía... Y otra cosa, tengan cuidado y no se lo digan a todo el mundo...

—¿Qué dices? No, chica... Al contrario, que se enteren todos que les arreglo la aspiradora... Así me entra un dinerito... Eso no tiene mucha ciencia...

—¡Ay, Ernesto! Tú eres un santo chico, un palo de hombre... No te importa que los demás se enteren de tu problema con tal de crear conciencia... Bueno, déjame y lo digo en la junta de condominio esta noche... Para que los demás hombres aprendan... ¡Sí, señor!

—Perfecto, Teresa... Si los demás quieren aprender, yo les enseño...

—¿Qué? No, mijo... Tanto detalle tampoco... ¿Cómo vas a decir también que lo tienes pequeño?

—¿Ah? Sí... Les cobro un poquito menos, pero les enseño...

—Bueno, mijo, yo sé que eres un hombre de empeño, pero era por si querías mi consejo. La gente con esas cosas se pone intensa...

—¡Vaya, Teresa! Tremenda idea, me gusta tu consejo: ¡Vamos a publicarlo en la prensa!

5

DESIDERÁTUM

Son escasas las horas que me separan de la despedida y, aun así, no hago más que esperar, con la mirada fija en el radio despertador. Nadie entendería si les dijese que siempre supe que hoy llegaría mi hora de partir. Lo oculté durante años. O a pocos les importaría, ya que nadie llama a la puerta.

La transpiración. Trepidante chismosa que comienza a hacer su trabajo para mojar la almohada y hacerme levantar, apoyando ambos pies en la tierra desnuda, carente del petricor de sus alrededores. Así espero lo que toca, claro está, bajo el techo de hojas secas del bosque adentro, lejos de mi bahareque encendido al calor de los mediodías. Por algo mi madre me dijo que nadie debía morir a la luz del sol, porque eso forzaba a las almas a calentarse de más y un alma caliente luego no se quiere ir.

A pesar del paso apurado, supe que moriría con elegancia altruista. Retirado de las ostentosas ceremonias de la capital, de las caravanas con interminable esplendor y de las personas llorando a propósito. Una declaración de vacío: ¡Miren, se murió un pendejo! Así no se muere una persona importante.

—¡Que te quede bien claro eso, Carlitos! A lo mejor ahorita no lo entiendes mucho, pero la sangre de tu abuelo te lo recordará por siempre.

Porque para un cuerpo necesitado, resulta fácil vender sus risas, pero también resulta fácil rematar sus lágrimas. No se acompaña a los ilustres de esa forma, orinando sobre su dignidad en un altar de ofrendas obligadas. Así que, los que perduran en el tiempo, los que trascienden en las memorias de los que se quedan, no hacen mucho ruido para que los despidan. Se van y ya.

Bolívar, el gran libertador de naciones.

Allan Poe, el gran libertador de las letras.

Y Vidal Romero, el gran libertador de las mujeres aprovechadas.

Solos, pero no olvidados.

Así quiero que se escriba. Con mayúsculas y sin vergüenza. La partida en silencio es la mejor venganza para los corazones fríos. Apuesto por ello. En realidad, apuesto por todo. Los de talla diferente nos jugamos la vida sin discordias, hacinados por la displicencia de las dudas ajenas. Acusados de locos. Defenestrados por esos vehementes lastres de ignorancia que caminan por la vida como si les alcanzara para siempre. Huyen de sí mismos, disfrazados de inteligentes. Sin capacidad ni mérito alguno para enfrentar el final con una botella de *Appleton Estate* reposándole sobre el pecho y dos gónadas bien sujetas, a pesar de los calzoncillos remendados. Como diría mi compadre Alfonso, que Dios lo tenga dispuesto a recibirme: «Nadie pasa trabajo con el buche lleno de ron a costa de otro.»

La muerte es filosofía pura. Sin aspavientos. ¿Quién sino los vivos para temer al sueño profundo? ¿Habré muerto alguna vez?

Muertos, los que no piensan en el legado de la eternidad. Muertos, los que se olvidan fácilmente, sin huellas que los persigan. «*Non metuit mortem qui scit contemnere vitam*» al ras del latín catoniano de las granjas perdidas. Abrazo el final para que sienta de cerquita el calor de los hombres decididos.

—Servicio de emergencias 911. Por favor, diga su nombre, edad y ubicación.

—Aló, señorita. Soy Vidal Romero, de 62 años y estoy en el camino veinticinco de Lancaster, la única casa al final del terraplén. Al frente de la casa hay un letrero blanco con una mamarrachada que la identifica, «Por ti, Cecilia» o «Para ti, Cecilia», algo así.

—¿En qué podemos ayudarle, señor Romero?

—¿Qué me pasa? Bueno, pasa que me voy a morir en veinte minutos y estoy con Carlitos, mi nieto de siete años.

—¿A qué se refiere con morirse? ¿Me podría dar más detalles?

—¿Más detalles sobre mi muerte?

—¿Están solos? Además del niño, ¿hay alguien más con usted?

—Estamos el niño, la muerte y yo.

—Diga la hora, en caso de que esté bajo amenaza.

—8:48 p.m.

—Señor, no se mueva del sitio y no cuelgue el teléfono.

Sin colgar la llamada, pero cerrando el micrófono del teléfono, reviso nuevamente los tres dedos que le quedan a la botella. Al mismo tiempo, trato de recordar cuál fue la última cosa que dije acerca de la muerte y verifico además, por si acaso, que treinta y nueve fue en realidad el sexto número del sorteo. Ese mismo que, junto con los cinco anteriores, me permitió comprobar que soy el único ganador de la lotería del "Super Millonario". Sí, lo comprobé en la pantalla del pequeño teléfono que he visto caer tantas veces desde el 2012, cuando lo compré luego del nacimiento de Carlitos.

Morirse con motivos para quedarse, poético. ¡Pum¡ ¡pum! y aquí es donde debería caer. Que no se manche la hamaca. No tiene la culpa de mi destino. Morir solo seduce, bueno, solo si sabes de seducción.

Déjame ver, chico... Cinco, nueve, diecisiete, veintiocho, treinta y cinco y sí... Treinta y nueve, aunque ese tres parezca un ocho al borde del cristal quebrado por tanto carajazo.

No me lo creo, debido a mi promiscuidad con el licor, porque los ilustres también nos embriagamos, por lo que pido a Carlitos que me traiga los anteojos que están ahí mismo, al lado del tendedero. Suponía que el chico llegaba a esa altura, empinándose, pero la cuerdita ni se movió. Después de irme no será el fin y volveré para sacar esa cuerdita del pasamanos. Si la suelto ahorita, se cae el tendedero, con toda la ropa sobre el chico. Ven acá, pequeño, mejor no me los traigas. ¿Tú ves lo que dice aquí? No te escucho, ¿qué dice? Sí, así mismo es, treinta y nueve. ¡Hijo! Porque eres como mi hijo, la cicatriz del amor de Benedetti.

—Señor Romero, ¿sigue en la llamada?

Son trescientos cincuenta y cinco millones, menos impuestos. Mucho dinero, incluso para alguien que mañana no podrá gastarlo. Me terminaré de tomar el *Appleton Estate* que Navarrete tenía en su despacho, hasta que tenga que marcharme. Lindo aroma a madera fina de Jamaica. ¿Por qué nadie nunca ha mencionado nada acerca de la relevancia que cobran las personas al morirse ebrios? Es como una celebración previa que, si pudiera hablar, crucificaría con anticipación a los amantes del luto maricón.

¡Se murió Vidal! ¡Se murió Vidal!

¡Siéntense en el pedículo de mi estatua! Que los estaré viendo desde arriba hacia abajo con la mano metida entre los dos botones de mi camisa de piedra. Ahí tendrán tiempo para postrarse tranquilos con sus pañuelitos negros.

Para Carlitos es una lástima que hoy me toque. La vida es así. No decido estas cosas. Si las decidiera, su madre no hubiese muerto luego del parto. Pero el haber comprado este boleto de forma accidental, fue un buen intento del muchacho. Bonita forma tuvo para despedirse del único ser que le reconoció como su auténtico y único nieto. Así son los nenes de ahora; juegan con los teléfonos móviles y hacen cualquier cosa mejor que los viejos. Desde llamar a personas con las que no deseas hablar hasta comprar de manera accidental un boleto de la lotería.

—¡Señor Romero!

—Disculpe, me piden que tranque la llamada.

—¿Quién le pide eso? ¿Cuántas personas son? ¡Señor Romero!

Ven acá, mi muchacho. Tengo que abrazarte. Me has dado una tremenda alegría. ¡Trescientos cincuenta y cinco millones! Ahora me doy cuenta de que Cecilia no me quiso. Ni a ti tampoco. Creo que nunca pudo recuperarse de la trágica muerte de tu madre. Pero yo sí me hice cargo de ti, mientras ella, de la manera más deportiva, arreglaba con el doctor Navarrete los papeles del divorcio y los de la casa en Palo Alto. Se confabuló con el abogadito y hasta se metió a vivir con él. Para nada, porque como buen abogado no tiene palabra y al mes la abandonó con su edad y con su soltería, y creo que hasta le quitó la casa. Ella lo niega. Me quiere hacer creer que todavía sigue con él. No me contesta las llamadas. No sabe que solo la llamo para despedirme. No le interesamos, Carlitos.

«¡Todo lo que necesites de mí, háblalo con Navarrete! Él es quien me representa ahora», gritaba muy abombada. Abría la bocata, enorme, para respingarse con el apellido del vividor ese, aunque no se le puede negar que tiene buen gusto para el ron. Se ve que gana bien estafando a las viejas incautas. Y se creyó que me había quitado una gran cosa, pero no sabe que yo le robé otras, en su casa, el día que firmamos el divorcio, cuando fui al baño. No solo de paz vive el hombre, ni las muertes de los ilustres viven de sacrificios en vano. ¡Ah! Louis Stevenson, «quince hombres sobre el cofre del muerto, yo... y una botella de ron.»

Cecilia no soportó tanto dolor y hasta puedo entenderla, pero ¿llegar al punto de decirme que nada con referencia a ti, le interesaba? Este es el mundo extraño del que tengo que despedirme, porque a pesar de la barbaridad del desinterés y del engaño con el abogaducho, lo que más me perfora el alma es pensar que la conocía, pero ahora admito que no. La verdad resalta por encima de las miserias; la aparta para resplandecer hasta en los resquicios más escondidos. No debe haber alma en un corazón que sea capaz de rechazar a una criatura de siete años y con su misma sangre corriéndole por las venas. Por muchas travesuras que haya cometido.

—¿Te acuerdas, Carlitos? Le agarraste su teléfono en repetidas oportunidades y llamaste al cementerio, para preguntar por tu mamá. En una oportunidad transferiste dos mil dólares a una cuenta de casinos y luego le marcaste al 911 para decir que te estaban pegando.

¡Y esta hamaca que no se sujeta bien! No me veas así, chico. ¿Qué más da? Nunca he sido muy amigo de tomar hasta tarde, pero supongo que no debo preocuparme por el dolor de cabeza de mañana. *Jeadeic*, como dicen los gringos, hasta eso se muere con la muerte. Este rancho te quedará a ti; cuando crezcas, quizá lo necesites para ahogar oscuridades. O para encerrar a una mulata. ¿Te gustan las mulatas? Saben a chocolate. Cuando seas más crecidito me vas a entender. También los soliloquios se dan muy bien aquí. Carbón encendido, palma y calor turbio para mojar la hamaca. Cerveza no tomes, porque eso saca la panza.

—Aló, ¿con el doctor Lucio Navarrete? Soy Vidal Romero... Bueno, seré breve, doctor. Como puede ver, le acabo de enviar una captura de pantalla que muestra el ticket de la lotería de hoy. Está en mi teléfono y sí, me lo gané. Es boleto único. Pero lo que va a escuchar después de esta llamada será un disparo sobre mi cabeza. Si llega primero que la policía, podrá recoger mi teléfono con el ticket ganador. ¡Es todo suyo! ¿Cómo? ¿Qué si me volví loco? No, no, no... Creo que no me entiende, dispense usted lo aparatoso del mensaje. Yo amo a Cecilia y haría lo que fuera por verla feliz. Así que, si su felicidad está con usted y como sé que ella no me contesta las llamadas, pues recíbame usted estos trescientos cincuenta y cinco millones. ¡Y pues, adelante! Yo igual decidí morirme hoy.

En cuanto la policía llegó a la choza, encontró al doctor Lucio Navarrete en pantuflas, apartando del cadáver una botella vacía de *Appleton Estate* y ocultando el arma de fuego que días antes le habían robado en su casa. No había nadie más en la habitación.

6
UNA TARDE EN CAYAPÁN

El árbol no estaba allí el año pasado, cuando vine a Cayapán a buscar melones e historias de faldas. También vine por un poco de licor para el frío de noviembre. Lo llevo para guardar, de a cuatro o de a cinco. Depende del precio de los barriles. A veces me ven la cara de suertudo y me piden hasta sesenta reales, pero de suertudo no tengo nada. Tengo más de regateador y vivaracho.

El viaje por la montaña es largo y los caballos van a lo que van. De venida quieren el trote. Les gusta el paradero. Ya de vuelta, sí cambia la cosa. Por eso, los amarro a la sombra para que coman, beban y reposen del calor. El camino es pedregoso y no está hecho para cualquier herradura. Silvio González, el herrero del pueblo, me cobra veinte reales, por lo que ya van ciento veinte contando con mi cantina. Después de las seis y cargado, la vuelta es algo difícil. Bueno, difícil no. Lo que pasa es que los pobres diablos como yo, no se pueden dar el lujo de ser robados por los Sifontes. El problema no son los sesenta reales del licor. No señor. Son los caballos, el rifle y la carreta. Ah, y también la vida, porque en San Jacinto se comenta que a la pandilla no les gusta dejar a nadie respirando. Por eso vengo poco a Cayapán. No me gusta cruzar las montañas. A los animales tampoco, porque al llegar el tordillo mira como rogando por el pastizal de los cimarrones, mientras que el otro, el alazán manchado, ese ni saca la cabeza del bebedero.

Cayapán es seco desde la entrada. Casi es una bendición conseguir agua para los caballos. Pareciera que una línea invisible marcara que las montañas deben terminar para darle paso al caluroso infierno. Creo que es un pueblo odiado por el sol. Luego de que las colinas más pequeñas te reciben por las tardes, debes saludar a las jovencitas que venden las flores. No te corras, es un real por la ofrenda a San Miguel de Cayapán. Está caro, sí. Un real por claveles blancos que están en el monte, para colocarlos en el altar que está en el paradero, ahí mismito al pasar el letrero de la entrada, a la derecha.

«Bienvenidos a Cay pán», dice de un lado. Parece que se le cayó la "a" o se fue por vergüenza. «Gracias por su visita», dice del otro. No sé por qué dice eso, porque aquí nadie visita. En realidad, venir a Cayapán es un favor. A lo mejor lo colocan para que lo vean los mezcaleros que vienen de San Jacinto cargados con piñas de agave y melones de la cosecha. Venden y se van, a paso de bocado corto y de rienda larga. A algunos la cara no se les ve, porque saben que el sombrero se hizo para taparla. Así lo usan aquí, a media nariz y con el cogote descubierto. De esos carreteros, tres atienden el negocio de las cantinas, a medio pueblo. El resto no sale de las milpas para venir a Cayapán, a menos que vengan de falderos. Digo, a buscar faldas. Ahí cambia la cosa. Las faldas siempre lo cambian todo, así como el paradero de la entrada cambia el relincho de los potros. Pero ni se te ocurra entrar al pueblo sin hacer la ofrenda. San Miguel es vengativo con los que se niegan a saludarlo. Algunos hasta dicen que San Miguel de Cayapán te marca con su desprecio. Yo digo que las jovencitas de las flores le pasan la información a los Sifontes. Como sea, no es un buen negocio pasar sin reverenciar. ¡Ah! por el paradero te cobran cinco reales. Ya van seis. Súmeselo, por favor, a los ciento cincuenta que ya teníamos, porque los otros veinte los dejo siempre para las piezas.

Por si fuera poco, los caballos se yerguen cuando bajan la colina del Río Santo y paran las orejas como dos antenas de esas que vienen en los aparatos de la ciudad. También levantan el paso para saludar al sol y estoy seguro de que también se preguntan de dónde salió ese árbol. Y ya ves que te digo, no estaba ahí el año pasado. Apareció de repente y es como de cinco metros; tampoco es muy pequeño. Lo habría visto cuando venía con la modorra por los cuentos de Agapito. ¿O será que la modorra me venció y me venían saltando las pestañas?

    Agapito no vino. Esta vez no. Es negocio que venga y a la vez, tampoco me resulta. Me paga veinte reales por el aventón, pero habla mucho y me duermo. Y se bebe mi licor. Esos veinte reales me podrían ayudar a cubrir los costos del viaje, que son ciento setenta, porque mi mujer también me pidió unos melones de San Jacinto. Eso sí tiene San Jacinto. Los melones y en general todo lo que se cosecha, es de calidad. Pero de ahí son los Sifontes y el peaje es muy caro. La vacuna, pues.

    A unas treinta carretas, veo el paradero con ese árbol nuevo. Algunos potros lo rodean; no son muchos. Serán como tres los que veo desde aquí cuando me levanto el sombrero. A lo mejor lo trasplantaron, digo, para los caballos. Es un mango. Lo saco por las hojas y, si algo sé, es de mangos. La tía Berta tenía dos en el porche. Yo pasaba por las tardes chapoteando tierra húmeda con las suelas cuando volvía de la rural, donde me enseñaban a usar el lápiz. Me sentaba a los pies del más grande y bajaba los mangos con la vara del tío Julio para comerlos con pimienta en enero. Después sí que los agarraba del suelo. Cuando llegaba a la casa, una hora después, tenía las patas llenas de barro y la boca pegajosa de tanta hilacha, pero ya había comido. Pero no solo mango, no señor. Porque la tía Berta me guardaba del cocido de cerdo o de las gallinas y ahí mismo hacía la tarea. El tío Julio también me enseñó a montar. Esos son todos los asuntos pendientes a esa edad en La Arboleda del Paso. Bueno, eso y la cosa con las burras, pero eso no es de tu incumbencia.

Al llegar a la casa, mamá me esperaba con tareas cotidianas, como la de cargar el agua del pozo o la de cortar la paja del patio con un machete que no se dejaba amolar más. Las manos se me salían solas de tanto jalar los bordes de la carcasa. Veía las carretas que pasaban por la vereda y los burros cargados con maíz y semillas de todo tipo que iban para Cayapán, para venderlas o cambiarlas por licor. Escuchaba el crujir seco de las carretas contra las piedras y el taconeo de los más aventajados porque iban a caballo. «Algún día tendré mi propia carreta con dos zainas, porque esas paren y cuestan más», pensaba a cada rebote del machete contra las coronas de musgo. «Muchos reales por la monta», decía el tío Julio.

De marzo a septiembre, cada tres semanas, las yeguas se ponían malucas. De todas maneras iba a coincidir con los mangos, pues siempre había mangos; bueno, casi siempre. Por eso sé que ese de allá, es un mango.

—Oiga, niña, deme un ramito para San Miguel...

—Tres reales.

—Tres reales... Niña no sea abusada, esto es para un real, ¿no?

—Hoy es el día de San Miguel...

—San Miguel... ¡Ah caramba! Mire, ternura, ¿y ese mango del paradero?

—Ese lo mandó a poner el alcalde.

—El alcalde... ¿Y ya usted se echa pieza?

—Eso lo habla en la cantina...

—En la cantina... Sí... Bueno... Ahí la veo, después del paradero... ¡Arre!

Llegar no es de ajetreo. Es más de luchar al tordillo para que no se me arranque para la derecha. En el camino hay pocas paradas disponibles, digo, como para estar tranquilos. Aquí, dos burreros van de salida, como para San Jacinto o quizás un poco más cerca en Portabales, un caserío de no más de diez familias que está al otro lado del Río Santo. Parece que es allí, porque los burros se ven enteros. Asiento con un gesto de sombrero y sigo adelante por la voluntad del tordillo.

—¿De dónde viene el patrón? —pregunta el parquero.

—Dónde viene... De La Arboleda...

—Son diez reales.

—Diez reales... Sí... ¿No costaba cinco la semana pasada?

—Es por el día de San Miguel. Y por el mango.

—Por el mango... ¡Ah! Ya vi por donde viene lo del mango... Tengo ocho... ¡No me va a dejar afuera por dos! Además, la mocita de las flores ya me quitó tres realitos...

—¿Es nuevo por aquí?

—Nuevo por aquí... No... Soy Loreto, el primo de Agapito... el de las verduras...

—¡Ah, sí! Agapito... Pase, pues. Me debe dos reales.

—Dos reales... Bueno, en el próximo viaje le solucionamos eso... ¡Arre!

Puedo notar que al paradero le acomodaron las retrancas y tiene más bebederos. Un pequeño como de once años con las mangas roídas por el trajín y un sombrerito no apropiado, recoge las bostas con un escobillón de arado al que le cortaron el agarradero. Así se puede inclinar más fácil para colocarlas en la bolsa de cosecha. El pequeño dice que es para que no se peguen a las ruedas de las carretas. Yo digo que las quiere para compostar. El tordillo se me incomoda. Le abro paso. El pequeño de las bostas me estira el sombrero con la copa hacia abajo porque su intención es otra.

—A lo que bien se anime... —dice el chico con los ojos lagrimosos.

—Se anime... ¿No te pagan en el paradero?

—Sí, mi don. Medio real por cada cinco bolsas de bosta.

—Cinco bolsas de bosta... ¿Y tú dónde vives?

—Detrás del río, al desviar la horquilla por la izquierda.

—Por la izquierda... Eso es Portabales...

—Sí, mi don patrón...

—¿Por qué no vendes las bostas en las milpas? Ahí te darían un poco más.

—Señor, las bostas son propiedad del paradero.

—Del paradero... Bueno, te voy a dar medio real, pero me cuidas a los caballos.

—Como usted diga, mi don patrón...

Luego de la charla con el pequeño y de acomodar a los caballos, recojo la bolsa con los doscientos reales desde el asiento de la carreta y checo lo que hay dentro. ¡Ah! Y las flores. Camino unos treinta pasos hasta la salida del paradero. Allí está el altar de San Miguel. Rezo bajito porque no sé rezar, es más para que me vean. Amén. Me inclino en señal de reverencia con el sombrero sobre mi pecho y me voy para los burros. ¡No señor! no voy a caminar hasta la cantina, porque está a medio pueblo y después de dos horas en la carreta se me acalambran las rodillas. Hay algunos animales disponibles, en veinte reales el día con la silla; en diez, a pelo.

—Mi reina, ¿tú no eres la de las flores?

—Sí, pero también monté el negocio de los burros.

—¡Ah! El negocio de los burros… Mira, te doy siete reales por el más rechoncho, sin silla.

—No, señor. Cuestan veinte, a pelo.

—Veinte a pelo… Por el día de San Miguel, ¿verdad?

—Sí. Ahora usted me entiende…

—Me entiende… Sí… Mocita, ese burro está como achicopalado, no creo que nadie te lo quiera llevar… Vamos a diez y nos vemos allá en la pieza…

—Quince, señor y me lo devuelve temprano.

—Temprano… Bueno… Lo que tengo son doce. No contaba con los tres realitos de las flores, con los diez del paradero y con el chico de las bostas. Mocita, como comprenderá, en La Arboleda solo vendemos maíz.

—Doce… Bueno, está bien. Pero no me lo devuelve aquí. Me lo regresa en la cantina.

—En la cantina… No, señor… Mocita, después me vengo a pie.

—Usted pesa menos de setenta sin el sombrero y yo soy liviana. Nos venimos los dos.

—Nos venimos los dos… Ahora sí, la cosa cambia… Bueno, tome los diez.

—Son doce.

—Doce... Bueno... Agarre diez y de regreso le solucionamos eso. ¡Arre!

El burro resabiado no camina por las marcas que dejan las carretas, sino que agarra para los lados y así es más lucha. Desde la entrada hasta la cantina, se observan casas, verduleros, milpas y todo tipo de talleres. Se repara esto o aquello. Cuando vives en estos pueblos, tienes que saber comprarle vida a las cosas. Talabarteros, carpinteros, herreros y hasta curanderos. Esos te reparan los años. O como el zángano de Agapito, que te vende lo que las milpas desechan. Ese vivaracho te repara el hambre. Tomates chuecos, papas con hoyos, cebollas tostadas y melones que parecen aplastados por los hongos en las raíces. Los vende por saco, más barato. "La bolsa de remiendos", a dos por cinco reales, y te las lleva hasta tu casa. De esas bolsas, salvas la mitad y el resto queda para los animales. A la vuelta del maizal, comienzan los terrenos del viejo Aponte. Hectáreas y hectáreas de tierra fértil a las que no se les ve el final. Un punto blanco debajo de la montaña me señala el rancho del viejo. Vive ahí con dos de sus hijos, porque la vieja se le guindó de un mecate y la hija mayor se le volvió pintora. Se le mudó para la ciudad, aunque por aquí se dice que se fue porque le gusta pintar mujeres desnudas. Bueno, eso dicen por el pueblo.

Ya a pocos pasos de la cantina, se ve todo como cerrado. Desde afuera siempre se observan las tertulias de los hombres del campo al aire fresco, pero, no señor. Hoy no. En realidad no parece que estuviesen celebrando a San Miguel. Creo que el calor los acobardó, porque dejaron algunos caballos afuera, como cinco, todos alazanes de estampa. Alguien importante debió llegar a Cayapán, porque esos animales tan grandes no se ven tan seguido por estos lados.

Amarro al burro por ahí cerquita. «Cantina Cayapán», dice el letrero de madera con pintura blanca, para resaltar el nombre. Una vez asegurado el burro, me seco la frente con un paño de toalla que me traje de la carreta y me vuelvo a ensombrerar. Esta vez veo para los lados. Cojo el bule y bebo, porque el sopor está encendido y las piedras hierven sobre el suelo. La bolsa con los trescientos reales la tengo amarrada al cinturón de cordel. Pero esa descansa dentro de los bolsillos para que nadie sepa que llevo trescientos cincuenta, ahí mismito. Ya ves que la mocita de las flores viene más tarde para echar pieza y recoger al burro. Corro la cortina de la entrada y veo a todo aquel acostado en el suelo.

—¡Ah caray! ¿Qué ahora a San Miguel lo rezan acostado?

—¡Levante las manos, muerto de hambre y échese al piso, que somos los Sifontes!

Mire usted que las manos me temblaban cuando vi ese fierrero apuntándome al sombrero.

—Los Sifontes... Sí. No se me aceleren que yo ando en plan de paz...

—¿Dónde está la bolsa? —me pregunta el chaparro con la barba más larga que la escopeta.

—La bolsa... ¿Cuál bolsa? —respondo.

—¡La de los ciento cincuenta reales! Es decir, la rojita esta que tiene por aquí en el bolsillo...

—La rojita del bolsillo... Bueno, ¡Tómela a su gusto!

Luego de haber saqueado la cantina, los Sifontes salieron como alma que lleva el diablo realizando varios disparos al aire.

—¡Loreto! —dice el cantinero—. Si llegabas un minuto después, no habrías perdido los ciento cincuenta reales.

—Ciento cincuenta reales... No, patrón. Se llevaron veinte... Los que tenía para la pieza con la mocita.

—¿Veinte? ¿Y por qué dijeron que tenías más?

—Que tenía más... No señor... Lo que pasa es que en La Arboleda del Paso no crían bobos. Y, que yo sepa, ni Cayapán tiene alcalde, ni a la mocita que vende las flores le alcanza para comprar burros.

7
MADAME LINGERIE

Aprendí que una cosa es la vida y otra muy distinta la realidad. A la vida puedes quedarte esperándola; a la realidad la tienes de frente todo el tiempo. La aceptes o no. Como el doble dos que me saqué en los dados, indeseado. Necesitaba un cuatro y un seis. Era la escalera. Sexo como yo quiera por diez minutos. No es el combo de seis, pero diez minutos es bastante. Para Ernesto, sin embargo, yo tendré vida y él, su triste realidad. Dos unos, dos tres y un cinco. Por los dos y los tres se ganó un beso allá abajo. Tendrá que tomar a Diva Blue o a la Sanguinaria. Dos estrellas. Si a ella le gusta, puede que le regale algo más, pero no es seguro. Ernesto lo tiene tan pequeño que debe orinar haciendo el paso de baile de Michael Jackson, inclinándose hacia adelante, agarrado de la pared.

Por el cinco, en cambio, le darán las gracias en el hotel. Y una cerveza congelada que no está nada mal, aunque Ernesto se moleste. A todos nos dan eso, mientras que yo, además de mi cerveza, tendré diez minutos de realidad con Madame Lingerie. Porque así funcionan las cosas y porque esa es la que quiero. La lanzada es más costosa por una de cuatro estrellas, trescientos por el vaso con cinco dados y dos intentos. Esas son las reglas. Él, en cambio, apostó ciento cincuenta para jugar dos veces. «Si es más barato, quiero de eso porque es más». Siempre enarbola la pobreza mental. Si puedes pagar el mejor, no compres el más barato, ya que entonces la pobreza se trasladará desde tu billetera hasta tu mente. Y de ahí será más difícil sacarla. Antes lo hacíamos a su manera. Todo acomodado para hacerlo sentir bien, Ernesto no es de los que viven hoy, porque podría haber problemas mañana. A eso se reduce todo, la vida, la realidad. Huye despacio de los riesgos y no le gusta apostar. Está aquí porque necesita convencerse a sí mismo de que no está desbordado de miedo, sino inspirado de precaución. Cinco dados pero un intento con un dinero que ni siquiera le pertenece, porque es un poco de lo que tenía papá. Solo un poco. Lo mismo ocurría ayer con los acres de tierra que nos dejó en Terranova. Valen el doble de lo que ofrecen, pero Ernesto quiere vender por menos porque «quién sabe si mañana habrá otro comprador».

Camino hacia el teléfono de la repisa y llamo a don Fulgencio Arreaza delante de él. No le vendemos por menos de cinco millones. Se va para su cuarto, con su niñería exaltada, zapateando duro como para enterrarse en el piso. Después hablaré con él y se le pasará. La vida, la realidad. De noche es más complicado, porque a él le gusta entenderse con la almohada y con su sábana de *Star Wars*. A pesar de que ahora tiene veinticinco, le gusta *Skywalker* y tiene sables de luz y colecciones de todo tipo alrededor del cuarto. Es distinto a mí. A él lo crio la abuela después del divorcio, pero le gustan las mujeres, al menos Diva Blue. Se cree el cuento de que es su novia solo porque una de dos estrellas debe ser más generosa con la poca clientela que le llega. No está mal, pero Madame Lingerie... ¡Oh, Dios! Eso es el cielo con los labios pintados.

—Tienes dos unos y dos tres. Paga la recarga y busca el full con el dos o con el tres.

—La recarga son trescientos. ¿Estás loco?

—Sí, pero no pierdes a Diva Blue y además puedes ganar un pase VIP con cuatro estrellas.

—Señores... próxima mano... ¿Entran o se retiran? —dice el crupier.

—Yo salgo. Voy a la ruleta —contesta cabizbajo Ernesto—. Y busco el tiro con tres estrellas.

—Yo recargo. Con el dos —. Le señalo con una mano al crupier mientras tomo mi cerveza.

—Estás loco, hermano...

—Diez fichas al dos —anunció el crupier.

—Quiero dos horas con Madame Lingerie... —digo a Ernesto.

—Como quieras. Voy a la ruleta...

—Sí... Sí... Ya sé... Déjame concentrarme en este tiro...

Tomo el vaso y me levanto del asiento. Reviso los dados. No los puedo tocar. Observo al crupier, quien estira la vara para apartar las fichas.

—¡Tiro por recarga! Y ahí va... Un tres, un cinco, un seis y dos cuatros... La casa gana.

—¡Maldición! Ni un solo dos...

Ernesto no se ha ido por completo; se queda a medio camino para observar. Pensé que zapatearía duro, otra vez. Pero no, más bien la cara se le relaja un poco. El perdió, pero yo también. Ahora no sería tan desgraciado. O tal vez, sí. Pero un desgraciado acompañado por otro.

—¡Doble o nada! —digo, resuelto y sin pensarlo mucho.

—Pero ¿qué demonios haces, David? ¡Vámonos a la ruleta! —salta Ernesto desde el fondo.

—¿Doble o nada? —pregunta el crupier— ¡Veinte fichas al dos!

—Sí —afirmo enardecido y colocando todas mis fichas al frente de la mesa.

La ruleta se detiene. Los meseros se agolpan detrás del crupier para ver la lanzada, no sin antes colocar la carta de licores abierta para mí. Tengo derecho a tres tragos, de los mejores, por la apuesta. El viejo del corbatín amarillo que jugaba en un extremo de la mesa, se aparta hacia la izquierda. Detrás de mí,

David se lleva las manos a la cabeza, aunque antes tropieza con la cerveza y la derrama. Las tragaperras suenan a todo dar, porque a esas no les interesa mi locura. Las tragaperras nunca se detienen, el *jackpot* es más difícil. Con el full de dos me llevaba la tarde con Madame Lingerie más barra abierta.

—¡Doble o nada! Y ahí va... Cuatro seis...

Un sonoro grito en la mesa. El otro dado queda girando sobre una esquina, como un diamante hecho trompo.

—¡Póker de seis! ¡Póker de seis! —Ligaban todos... pero no termina de caer el dado.

David me sujeta por la espalda, dando brinquitos de emoción.

—¡Vamos! ¡Vamos! ¡Vamos! —grita David— Si ganas, me das la de cuatro estrellas...

Se callan un poco las tragaperras para prestar atención. Yo intento beber una cerveza que ya se ha agotado. Cae el dado... ¡Fallé!

¡Otra vez, la vida o la realidad! Me llevo las manos a la cabeza, arruinado. Muchos no entienden mi reacción, aunque igual hay algarabía total en la sala, porque ¡es un maldito póker de seis! Lo que me da acceso a La Doncella o a cualquier categoría *premium* por tres días, en el hotel, con todos los gastos pagos.

Sin embargo, luego de obtener todas las absortas miradas de los presentes, llega el silencio absoluto...

—¡No quiero el *póker* de seis! ¡Pago la recarga por el dos! —digo, golpeando la mesa con ambos puños—. ¡Solo quiero mis dos horas con Madame Lingerie!

8
LA INFIDELIDAD DE MORTIMER

Lo que no sabes es que Mortimer justificaba muy bien sus picardías, al punto que su esposa escuchó con atención sus argumentos y, sin rastros de recriminación, le sirvió la cena; o el desayuno.

—Amor mío, tú eres diferente a las demás, y por eso caigo seducido a tus pies. Eres diferente a aquellas que, precisamente, no entienden que los hombres solo queremos variedad. Dos nalgas. Eso es todo lo que fue ella en mi vida —dice esparciendo su ebriedad por toda la cocina.

—Está bien, Mortimer. No hablemos más del tema —respondió su esposa de una manera tan natural como desconcertante.

Era obvio que aquel hombre que horas antes se revolcaba con su secretaria en el cuarto de un motel sin nombre, no estaba preparado para esa respuesta. Sin embargo, la aceptaría sin mayor reparo, ya que no tendría que sofocar el sueño y el licor en el incómodo sofá de la oficina. Si tuviera que enfrentar cualquier discusión, lo haría mañana. El remordimiento no tardó en merodear en su alcoba, como una respuesta inconsciente a las atenciones que su esposa le dispensaba antes de irse a la cama.

A pesar de la pesadumbre del alcohol, Mortimer eligió pasar la noche pensando en distintos escenarios, todos ellos representados en discusiones que lo alejarían para siempre de su hogar.

—Mortimer, ¿sigues despierto?

—Sí.

—Tenemos que hablar...

—¿Te parece si lo hacemos mañana?

—Sí, creo que es lo más sensato.

—Gracias, mi amor.

—Descansa. Mañana tienes la reunión con el cliente importante, y debes estar con la mente clara para esa negociación, que sabes, será dura.

—¡Claro, amor! ¡Casi lo olvidaba! Demonios...

—¿Quieres un té para el sueño?

—No, mi vida. No te preocupes tanto. Ya estás acostada, descansa tú.

—Es mejor que lo prepare, para que puedas descansar y recuperarte para mañana.

—No te preocupes, amor, insisto...

Al mismo tiempo en que las dudas se apropiaban de su poca lucidez, Mortimer se levantó de la cama tras los pasos de su esposa.

—¿Qué haces levantado? Acuéstate... Yo te llevo el té.

—Solamente quería acompañarte a prepararlo —dijo Mortimer, quien no le sacaba la vista de encima a las manos de su mujer— ¿Sabes? Si quieres, podemos hablar ahora...

—No, cariño, tienes razón, no es prudente. Debes recuperarte primero. Además, tengo que pensar muy bien en mi próximo paso.

Mortimer sentía que no podía sobrellevar las dudas. ¿Tanta indiferencia después de una infidelidad confesa? ¿Próximo paso? Pudo comprobar que el té era solo eso, té. Pero, ahora debería dormir al lado de su esposa. ¿Por qué ella no se habría dormido primero? ¿Qué sería aquello que su esposa deseaba hablar y que ahora podía esperar hasta mañana?

Lo había decidido. No dormiría esa noche. Ningún té podría sacarlo de semejante preocupación. Por lo que escogió la opción de disimular el sueño, aun a riesgo de caer ante el cansancio.

Ambos se acostaron. Eran las 2:39 a.m. Y lo inevitable ocurrió. Una lucha a muerte. Pero de sus pensamientos contra sus párpados. Y Mortimer perdió esa lucha. Cuando abrió los ojos eran las 3:47 a.m. La resaca se hizo presente, por lo que al infierno de esa madrugada habría que añadirle ahora una insoportable jaqueca. Acostado, Mortimer volteó su cabeza hacia su derecha, para ver la torneada espalda de su mujer.

¿En realidad valió la pena engañarla?

—¡Me excito! —dijo la esposa sin voltear.

—¿Cómo? ¿Estás despierta?

—Me excita saber que estás con otra. Eso era lo que te quería decir. Quiero que me hagas el amor ahora y que mañana le digas a tu secretaria que quiero que lo hagamos los tres. Eso es lo que quiero.

Mortimer no esperó ni un segundo. Ambos se amaron como nunca. La emoción se apoderó de aquel hombre y solo pensaba en la felicidad que le causaba la fantasía de su esposa.

Al otro día, no habría cliente importante que lo sacara de la cama, porque luego de esa confesión, se entregaría al sueño profundo del que, desafortunadamente, no despertaría nunca más.

9
LUKE VIENE DEL FUTURO

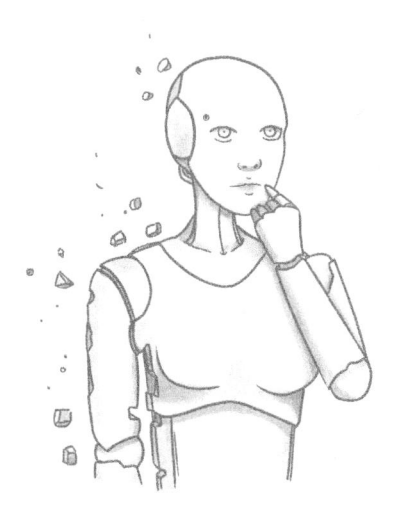

Se me olvidaba comentarte que mi nombre es Luke Patterson. Soy profesor de Historia de la Tierra Antigua en la Universidad virtual de la Gran Comunidad Global. De antemano, me disculpo por la forma abrupta en la cual he interrumpido tu lectura. Antes que nada, tengo que explicarte que vengo del año 2235, desde la megaplataforma de *Mount*

Phillips, una construcción sobre el océano que nos permite a los implantados vivir en el antiguo planeta de los humanos menos evolucionados, con los pocos recursos naturales restantes administrados por el nuevo orden global. Los ochocientos mil habitantes del planeta, estamos repartidos en otras doce megaplataformas y compartimos nuestra cotidianeidad con los humanoides creados por *Ambar Technologies* para facilitarnos las tareas más complicadas, sin la necesidad de ocupar tantos recursos orgánicos.

Los androides fueron creados por la última corporación Norteamericana *NEX (Norteamerican Emporium X)*, para defender al planeta de la colonización alienígena, los kiplarianos. En realidad no podemos llamarle invasión, dado que los kiplarianos estuvieron en el planeta mucho antes que los dinosaurios, solo que con el derretimiento de los glaciares producto del calentamiento global, los niveles del mar aumentaron de tal forma, que en un lapso de cuarenta años, todo vestigio de tierra firme sobre el planeta desapareció y los hombrecillos azules de *Kiplar-B* quedaron expuestos a la vista de todos. No obstante, luego de las negociaciones y de la firma de los Acuerdos Internacionales de Reunificación, los kiplarianos, alineados con las grandes elites financieras del mundo, dieron paso a *Ambar Technologies*, el centro de poder de las nuevas sociedades avanzadas. Se comenzaron a construir entonces las megaplataformas con la utilización de la tecnología extraterrestre y logramos sobrevivir al apocalipsis.

Los implantados, como se nos denomina ahora a los seres humanos con el chip craneal, hemos aprendido a traspasar la barrera del tiempo y hoy se me ha ocurrido hacerlo de la forma más económica posible, a través de la pluma de un escritor galopante sobre su historia. No debería aclarar esto porque no es el objetivo principal aquí, pero si lo hubiese hecho de cuerpo presente, me hubiese salido más costoso y además, estarías pasando un gran susto. Al igual que en tu tiempo, los profesores somos mal pagados, así que trato de aplicar la reducción de *Neurocoins* para poder realizar la tesis. Ninguna sorpresa para ti, me imagino.

Por otra parte, no es mi intención causar pánico con una presencia holográfica o completamente materializada en el cuerpo de un humano de tu época. Eso solo lo pueden hacer los científicos de *Ambar Technologies*. Se pueden dar el lujo de ir y venir las veces que quieran y cuando lo hacen, generalmente ocupan el cuerpo de cualquier mequetrefe de esos que se la pasan engañando a la gente con panfletería barata. Así que, mi querido lector, de manera gratuita te advierto sobre la fanfarronería de tu tiempo. No es de extrañarte entonces, que en esta sociedad avanzada, en la cual una noticia tarda solo unos pocos segundos en recorrer los chips craneales de toda la población global, en donde podemos hacer las compras con una *App* que se activa con un pensamiento tipo comando y en donde, el nuevo orden global sabe hasta cuándo será el momento exacto de tu próxima visita al baño, las miserias humanas continúen siendo básicamente las mismas, pero con más tecnología. Imagínate pues, a la sociedad de los idiotas 5.0.

No cabe duda entonces, que existen científicos serios, como yo y canallas que se venden para forzar estudios y favorecer a las grandes corporaciones. Más que una afición, viajar en el tiempo significa para mí, el desarrollo de una tesis doctoral denominada: "Los Orígenes de la Gran Comunidad Global". Porque hay algunos que sostienen que los kiplarianos son responsables de nuestras desgracias humanas. Otros, más atrevidos, creen que el destino de la humanidad siempre estuvo escrito. En mi caso, sospecho que el hombre siempre ha buscado responsabilizar a cualquier cosa de su propia autodestrucción. Mi tesis, a diferencia de lo que puedas pensar, no se trata de una disertación teórica o filosófica, como se hace en tu tiempo, sino de una evidencia conductual que permita comprobar la hipótesis y que además pueda ser enviada telepáticamente en cuestión de segundos. Vaya tarea la que me toca, ¿no?

Sin embargo, para validar mi estudio y dado el caso de que ya te he explicado con el mejor detalle que he podido la razón de mi visita, solo te pido que respondas mentalmente cuatro preguntas de selección simple. ¿Podrías ayudarme?

Comenzando la transmisión:

Nombre del tesista: Luke Patterson.

Identificación: CG-872763A

Departamento: Historia de la Tierra Antigua.

Año de acceso solicitado: 2024.

Estatus: Autorización básica.

Enviando pregunta número uno...

¿De qué manera se están criando la mayoría de los niños en el año 2022?

Opción 1: Con la guía y el afecto de sus padres.

Opción 2: Con el estímulo de la lectura, las artes y la cultura.

Opción 3: Con un "teléfono móvil" en la mano la mayor parte del día.

Registrando tu respuesta... Pregunta completada.

Enviando pregunta número dos...

¿Qué hacen las personas cuando terminan de hidratarse utilizando una botella de plástico?

Opción 1: La colocan en cestas de reciclaje.

Opción 2: Las guardan para desecharlas apropiadamente.

Opción 3: Las lanzan en la calle o en la basura común.

Registrando tu respuesta... Completado.

Enviando pregunta número tres...

¿Cómo pasan la mayoría de las personas más de la mitad de su tiempo?

Opción 1: Reunidas disfrutando de tiempo de calidad con su familia.

Opción 2: Desarrollando su capacidad intelectual.

Opción 3: Como zombis de la tecnología.

Registrando tu respuesta... Completado.

Enviando última pregunta:

Imagina esta situación. Una persona del año 2024 está tomando un vaso con agua potable, y no quiere beberla toda, entonces esa persona procede a:

Opción 1: Guardar el agua para más tarde.

Opción 2: Utilizar el agua para regar los árboles.

Opción 3: Derramar el agua en el primer drenaje que consiguen.

Registrando última respuesta... Completado.

Muchísimas gracias por participar y contribuir con el desarrollo de mi tesis.

Para terminar, me despido, porque sospecho que mi investigación necesitará más trabajo. Aunque antes, me gustaría compartir contigo las respuestas que me han enviado otras personas de tu tiempo. Procesando acceso a banco de datos y estadísticas previas...

Pregunta número uno: ¿De qué manera se están criando la mayoría de los niños en el año 2024?

Opción 1: Con la guía y el afecto de sus padres. 98%.

Opción 2: Con el estímulo de la lectura, las artes y la cultura. 1.5%.

Opción 3: Con un "teléfono móvil" en la mano. 0.5%.

Pregunta número 2: ¿Qué hacen las personas cuando terminan de hidratarse utilizando una botella de plástico?

Opción 1: La colocan en cestas de reciclaje. 97.5%.

Opción 2: Las guardan para desecharlas apropiadamente. 1.5%.

Opción 3: Las lanzan en la calle o en la basura común. 1%.

Pregunta número 3: ¿Cómo pasan la mayoría de las personas más de la mitad de su tiempo?

Opción 1: Reunidas disfrutando de tiempo de calidad con su familia. 49.5%.

Opción 2: Desarrollando su capacidad intelectual. 49.5%.

Opción 3: Pegadas al teléfono móvil como zombis de la tecnología. 1%.

Pregunta número 4: Imagina esta situación. Una persona del año 2024 está tomando un vaso con agua potable, y no quiere beberla toda. Entonces esa persona procede a:

Opción 1: Guardar el agua para más tarde más tarde. 50%.

Opción 2: Utilizar el agua para regar los árboles. 45%.

Opción 3: Derramar el agua en el primer drenaje que consiguen. 5%.

Gracias por leerme. Ahora debo volver. Ya he consumido mucha energía en esta conexión a través del tiempo. Al ver los resultados del estudio, creo que tendré que invertir más recursos para seguir buscando elementos que me ayuden a corroborar mi tesis. De acuerdo con las respuestas obtenidas, al parecer las personas hasta el año 2024 no son los responsables de la destrucción del planeta. Seguiremos entonces culpando a los kiplarianos, a los políticos o a cualquier cosa que nos haga la vida más cómoda.

Desconectando...

10
EL MISTERIO DE LA GARRA DEL OSO

I

Tanta sencillez puede matar de un susto. Asuntos fortuitos, la mayoría, inesperados. Para morir de aburrimiento, en cambio, existe la complicación. A Jeff, lo mató la indiferencia. Ordinario. Sin extravagancias. El típico hombre que camina escondiendo los pasos para no ser advertido por otros transeúntes.

Jeff Damon Miller parecía no tener más objetivos en la vida que desplazarse sin condicionamiento alguno por las calles de Tredstone. Poeta, bohemio, introvertido. Todos le conocían por pasearse cabizbajo, sin dirección absoluta, sin hechos sobresalientes que adornaran su poco presuntuoso andar. Solo caminaba con torpe pero eficaz sigilo al destino de la próxima calle. Albergando un estilo que demeritaba la convencionalidad de los caminantes usuales, cuando se veía forzado a saludar, lo hacía con un rápido gesto de mano derecha, la cual, a diferencia de su mirada sumergida en quién sabe cuál tenor de pensamientos, levantaba como símbolo de reconocimiento.

Las grandes ciudades son así. Más allá del soberbio intento de los inmensos edificios por eclipsar lo que ocurre en sus calles, estos sujetos pintorescos de paso corto se enclavan inadvertidos en algún momento de nuestras vidas. Escenas, unas tras otras, fijadas en las memorias de estos lugares. La vida es lo que uno recuerda de ella y resultaría hasta inapropiado acudir a las imágenes del Parque Wolks con todo el aire que se pueda respirar en el ajetreo del Tredstone de 1982, sin ubicar a la boina de cuero cafeinado de Jeff Miller y su inextricable taconear de hombre apacible y moderado. Ajeno al trajín social de los suburbios artesonados por lo políticamente correcto, "El Errante de la Boina", como le conocían todos por mera costumbre, no destacaba en ningún aspecto que ameritase una etiqueta de los "altruistas comunitarios" que todo lo desean saber.

Caminaba. Era todo lo que se necesitaba saber de él. Muy poca gente le vio llegar a un sitio. Muy poca gente le escuchó despedirse.

A riesgo de ser interrogados por los uniformados, los que le habíamos visto por última vez antes de Navidad, sabíamos que bajo el sobretodo de poliéster hallado dentro de un container de desechos del Zoológico del Parque Wolks, se regodeaba un hombre sin interés aparente por encontrar la muerte, y menos si se trataba de un evento acaecido al menos en circunstancias un poco extrañas y llamativas.

Fue un domingo en la noche cuando sus vísceras y otras partes del cuerpo no menos escandalosas, fueron visibles para esa chica. En definitiva, tanto mis sospechas como las de otros regentes de los negocios aledaños eran suficientes para no dudar de sus ganas de inadvertencia, aunque, muchos no dejan de pensar en la misteriosa oscuridad que cubre a su sangre encharcada frente a un container de basura. Por un lado, la versión oficial dista mucho de poderse demostrar. Por el otro, los que opinan a mansalva, ignoran las razones que lo llevaron a esa situación. De lo que sí estoy segura, es que los que se aventuran a estas suposiciones precipitadas, no tuvieron ninguna oportunidad de acceder a los intersticios de su complicada personalidad.

En cierta ocasión, aquel rechoncho visitante pasó a la cafetería. Fue un día cualquiera de octubre. Porque pudo ser cualquier día. Luego de que sus impresentables zapatos negros (de esos cuyas gastadas puntas terminan en caricaturescas curvaturas hacia arriba) dudaran ante el sobrepiso de la entrada, y ya alejado de la indecisión de mostrarse en su incipiente alopecia resguardada bajo la peculiar boina, pidió un *Latte* de vainilla, sin azúcar y con un poco de canela. En esto, no hay nada extraño. En *Rinaldi Coffee Shop*, todos piden *Latte*. Los que no lo hacen, suelen marcharse arrepentidos. Para sus escepticismos recusantes, tengo algunas conversaciones prefabricadas que aluden a las avejentadas fotos sobre la pared de yeso apelmazado y que dan cuenta del origen familiar de una cafetería con mucha historia y poco renombre. Es como si la amarga justicia, posara divorciada sobre los mermados restos del sentido de tradición alrededor de estas calles tredstonianas.

Y es que nadie pretende recordar a un sitio como este, sin algo que les haga sentir distinguidos. En estos casos, se superponen cosas como la experiencia, el lujo, la presunción. Mi cafetería no es un *Starbucks*. No dispongo del capital suficiente para su remodelación. O mejor dicho, si lo dispongo, pero no deseo vender ilusiones. Solo vendo café. Ciertamente, la vena italiana detrás de mis abuelos reprocharía con vehemencia mis interesados intentos por otorgarle al *Latte* una fama que no tiene. El *caffè espresso* debería ocupar ese lugar, enarbolando las costumbres napolitanas verdaderas. No obstante, en un mundo en el que el *Restaurant Gardens* resulta una opción hipócritamente válida para representar los orígenes gastronómicos italianos, mi conveniencia financiera decanta en aspectos a lo menos, inofensivos. Porque no podría cobrar tres con cincuenta por un *caffè espresso*. Son dos dólares de ganancia por algo de leche y caramelo. Y el punto de sal. Ese es el secreto. La vainilla no hace nada en este negocio, más que encarecer el servicio.

Con el pleno conocimiento que la simple observación me permitía acerca de sus frecuencias, puedo asegurar que Jeff

Miller jamás había probado ni uno, ni otro. Por esta razón, me encontré ávidamente sorprendida cuando le vi presentarse bajo el toldo negro, en la entrada de la cafetería, con ánimos de conseguir algo a su favor. Por sus miradas rasantes y frecuentes, sospechaba de cierta atracción hacia mí. No puedo negar que en algún momento llegué a atribuir la razón de sus usuales caminatas a un presuntuoso desfile de fisgoneo frente a la cafetería. Sentía además como a John Bertolotti, el mesero de siempre, le desagradaban las rondas del ahora infortunado hombre. En más de una oportunidad, pude observar cómo John salía a su paso, en la avenida, solo para controlar las tímidas miradas del introvertido transeúnte. John es buena gente. Pero conozco de sus gustos hacia mí. No es tan malo sentirse disputada por el celo entre dos hombres. Sin embargo, soy la dueña de esta cafetería, y entiendo que no soy esa belleza italiana que la peculiar situación intenta hacerme sentir. Quizás, la situación parezca más como una buena oportunidad para acceder a un poco de mi herencia familiar. Los Rinaldi somos reconocidos en Tredstone como una familia con recursos, pero optamos por mostrar el bajo perfil de nuestros valores tradicionales.

Pude observar el repudio con el que John tomó el pedido, razón por la cual le hice una señal para que me permitiera atenderle en persona. Me dirigí entonces, motivada por la curiosidad, hacia la barra de las bebidas. No sé por qué, pero siento que no era la primera vez que escuchaba su voz áspera, propia de los fumadores empedernidos. Articulaba frases con un típico acento sureño del tipo *"y'all"*, que parecían ahogarse al final, en pequeños silbidos inesperados. Le sospechaba de Tennessee, posiblemente de Kentucky. Su actitud reservada se presentaba en pequeñas solicitudes de autorización para expresarse con libertad. Sin embargo, todo este alarde de prudencia exacerbada quedó a un lado cuando reafirmó su solicitud. Sabía muy bien a lo que venía.

—¿En qué le puedo servir, caballero?

—Pedí un *Latte*. De vainilla. Sin azúcar y algo de canela. En un vaso para llevar —respondió convincente, sin levantar la mirada del piso.

—¿Desea un poco de sabor? —respondí sin darme cuenta del doble sentido involuntario que había generado.

—Sin azúcar y algo de canela...

—Entiendo. Disculpe usted mi atrevimiento, pero he podido notar que es un caminante frecuente por esta zona. ¿Vive por acá cerca?

No respondió. No levantó la mirada. Solo asintió.

—¿Puedo ofrecerle algo más? Permítame recomendarle nuestra tarta de zanahoria...

—No, señorita. No estoy interesado en nada más.

—Katty. Katty Rinaldi.

Asintió nuevamente.

Luego de intentar pagar tres dólares con cincuenta con una tarjeta de débito en mal estado, fue entonces que pude reparar en su nombre: "Jeff D. Miller", repujado sobre el plástico agotado por el tiempo y el mal uso. Una tarjeta que explicaba por sí sola la cantidad de puertas cerradas a la que había estado expuesta de manera improvisada.

—Ok, Jeff D. Son tres con cincuenta...
—Damon...
—¿Disculpe?
—Jeff Damon. Es mi nombre...
—Perfecto, Damon...
—Jeff Damon, por favor...
—Seguro. Disculpe usted. Costumbres tredstonianas... Su tarjeta no puede ser reconocida. ¿Lo intento de nuevo o prefiere utilizar otro método de pago?
—Es la única que tengo...
—Excuse el mal rato, buen hombre. Pero la muy condenada se niega a ser procesada. Los bancos y sus cosas... siempre quieren hacernos ir a sus sedes para intentar vendernos cualquiera de sus planes de inversión...
—Supongo entonces que no llevaré el *Latte*...
—¡Oh no! Descuide usted. Puede llevarlo y pagarlo mañana. Lo veo siempre, de alguna manera, usted me inspira confianza.
—Soy de Florida y vivo a cinco cuadras de acá. Residencias Marshall.
—¿Florida? —replicó sorprendida.
—De Jacksonville. Vine a Tredstone a los dieciséis. Soy escritor. Poeta, para ser más preciso. Oiga, ¿podría quedarme en una de sus mesas para escribir algo?
—¡Oh! Claro que sí. Sería un honor para mí tenerle acá escribiendo. ¿Necesita algo? ¿Lápiz, papel?
—No, gracias. Todo lo tengo acá —replicó al tiempo que extraía del desgarrado bolsillo de su sobretodo una pequeña

libreta de espiral y un lápiz consumido por el rigor de sus manos inquietas.

Como cualquier mortal podría suponer de un hombre de tan peculiares características, fue obvia su elección de sentarse en la mesa más alejada de la inquisición pública, a la entrada del pasillo que desemboca en los baños. Luego de quitarse el sobretodo y la boina, adoptó una posición de protección de su pequeña libreta, exhibiendo un celo poco correspondido por el aparente valor real de sus pertenencias. Encorvado y ligeramente inclinado hacia la mesa, resultaba imposible para nadie visualizar el correr de su mano izquierda. Ni siquiera para John, quien se inquietó de tal forma, que tuve que ir a la cocina para calmarlo.

—Solo es un bohemio —dije a John.

—Está ocupando una mesa con un café que ni siquiera pagó —refunfuñó el mesero, a todo lo que daban sus malas expresiones.

—¿Por qué te molesta tanto ese hombre?

Me miró fijamente. Sentí cómo la vergüenza se apoderó de su garganta antes de responder:

—Conozco a los de su clase. Dicen que son poetas y solo quieren meterse de a poquito.

—Entiendo que defiendas tanto a la cafetería. Me gusta tu lealtad. Sin embargo, como mesero, no puedes dejar que tus prejuicios atenten contra la buena atención a nuestros clientes. Y es mi deber…

—Sí, señora Katty. Como usted ordene —.Y de nuevo se retiró a la caja.

No pude evitar llevarlo a la oficina. No era la primera vez. Soy viuda y no es que tenga mucho contacto con los hombres. Mi esposo Paolo, murió de cáncer cuando tenía treinta y seis. Eso fue hace cinco años. Murió joven. Yo morí con él. Su familia no me aceptó, nunca. Me veían como una persona ajena a sus valores familiares. Una disputa de este tipo me excitaba de tal manera, que no podía detenerme en el juego de celos y actitudes territoriales de machos predispuestos. El sexo con John era lo único que lo mantenía en la cafetería. De alguna forma necesitaba que eso siguiera ocurriendo. La vida dedicada al negocio, le resta adrenalina a los días de una mujer de cuarenta y pico. Un sabor que solo se consigue en fantasías recurrentes, bañada en el caramelo de la máquina de *Latte* y acariciada por los aleatorios encuentros de su barba raspando mi entrepierna. El juguete debajo de mi escritorio era divertido, aunque carente de la pasión que necesita mi pecho.

Di por terminado entonces el acalorado ritual, para salir, ordenarle a John que tomara su posición y asegurarme que todo estuviese bajo control. Luego de cerciorarme de mi aspecto en el espejo de la oficina, caminé hacia la barra acomodándome el vestido para notar que solo teníamos tres clientes, incluyendo al intempestivo escritor de la mesa del fondo.

Lorena, era mi otra mesera. Cuando no hay clientes, me ayuda a ordenar la despensa. Empezó los fines de semana, pero poco a poco la fui convenciendo de trabajar a tiempo completo. Solo domingos libres. Todos los tenemos acá. Tradición cristiana de mi familia. Y también resultaba más costoso para mí, pero no podía ser de otra manera. El trabajo de John era otro. También por eso, ganaba menos que Lorena. Todos estábamos conformes con esta dinámica.

Reparando en su elocuencia, el siniestro visitante había tomado el lápiz de una extraña manera, en un gesto bajo el cual, todas las puntas de sus dedos convergían oportunas alrededor del grafito. Fue curioso verle asir el lápiz de esa forma. De igual manera, resultaba al menos extraño el comprobar que su "*Latte* para llevar" seguía intacto sobre la mesa. «¿Quién pide un café para llevar y se queda en la cafetería sin probarlo?» pensé extrañada.

Pasadas aproximadamente cuatro horas desde que ocupó la mesa y luego de finalizar el conflicto que parecía enfrentarlo con algunas hojas desprendidas de su libreta, pasó la mano derecha por su cabeza y estiró los hombros. Luego, se levantó, tomó sus cosas, incluido el vaso con café, y se fue, sin más. Sin embargo, algunos despojos de escritura quedaron ignorados sobre la mesa. Desechados quizás, al margen de ser bocetos infructuosos. Lorena las recogió. Se disponía a ocultar las pequeñas hojas de mi vista, cuando la emplacé con sutileza para que me las entregara.

—Lorena, ¿me das esos papeles?

—Sí, señorita Katty.

—¡Babosadas de un impertinente! —interrumpió John, quien nos escuchaba desde la entrada de la cocina.

—No seas tan duro. Es la copia al carbón de un poema —dije mientras intentaba darle a las hojas un orden coherente—. Interesante y muy gentil de su parte. Lo tituló "La soledad de un errante". Acá abajo está su firma: Jeff Damon Miller. ¿Son todas las hojas?

—Sí, señorita Katty. Esta hoja de acá estaba en el piso...

Volteé para ver a John. Solté una sonrisa de medio lado y leí en voz alta:

Jazmines de olor profundo
olvidados, secos por la impaciencia,
hastiados del camino andado,
necesitados del calor apasionado de tus besos.

Errante, rozando tus labios
singulares, llamativos.
Espinas apasionadas, certeras,
latiendo cerca de tu corazón.

Amor que desgarras el alma
silencia también mi dolor.
Encuentra el vacío desmedido
secando mis angustias,
incesantes,
nacaradas por tu rechazo,
ocultas en la poesía de éste autor.

Jeff Damon Miller.

—¡Ah! ¡Basura! —dijo John recogiendo su delantal.

—Es muy... sentido... Al parecer es un hombre muy solo —respondí ante la reticencia de John.

En lo que reconocí como un destacable hábito y a pesar de que todos los días a las 3:15 p.m. pasaba por la calle adjunta, nunca más se detuvo en la cafetería. Desde adentro le saludaba: "¡Hola Jeff!", a lo que atinaba a responder con su acostumbrada señal. En mi mente, tenía guardadas un par de estrofas de su poema, la cual pretendía utilizar como una irreverente excusa para distender una conversación con aquel extraño sujeto. No puedo negar que, en algún momento, pensé que mi *Latte* no fue tan bueno como para convencerlo de saldar su deuda y convertirse en un asiduo cliente, o que de alguna manera lo había importunado con mi conversación. Luego asumí que la intención de aquel hombre fue siempre la de pagar con su poesía.

Posteriormente, tanto Linda, la encargada de la lavandería "*Linda's Laundry*", como George, el viejo gruñón de la farmacia de la esquina, me aseguraron que solo le habían visto en sus negocios una sola vez. En el caso de George, no me asombraba tanto. Pocas personas congeniaban con el dueño de una farmacia llamada "*Pharmacy*", a secas. Así era él. De pocas a ninguna palabra y con un aliento a *Jack Daniels* que daba cuenta de sus curtidas tareas solitarias de bebedor intransigente. De hecho y en honor a la fortuna que creí tener aquella tarde de octubre, pude deducir que yo era la única persona con la que Jeff intercambiaba algunos gestos de amabilidad, lo que me hacía confiar aún más en mis suposiciones románticas. Sin embargo, luego de un par de semanas de ocurrido el lamentable suceso, los diarios de Tredstone todavía hablaban de un asalto cometido por un oso que escapó del zoológico y le atacó, colocándole las vísceras dentro de su boca. El oso nunca apareció. La brutal carnicería fue llevada a cabo con mucha saña, dando pie a las más extraordinarias teorías de venganza por parte de la mafia, alguna deuda con la persona equivocada o tráfico de estupefacientes, supuesto bajo el cual, Jeff se convertía en un importante distribuidor de la zona. Su carácter retraído y poco amigable permitió que muchas personas se aventuraran a atribuirle un origen perturbador. Pedófilo, violador, contrabandista. Cualquier cosa. Todo tipo de señalamientos, los cuales, por cierto, no habían podido ser confirmados por la policía.

II

«Noticia de última hora: Tenemos a nuestro corresponsal Richard Goodman desde la sede del Zoológico del Parque Wolks, donde al parecer, pasadas las nueve de la noche, un joven ejemplar de Oso Pardo de nombre Tiberius, escapó, atacando mortalmente a un hombre identificado como Jeff Damon Miller, de cincuenta y tres años. No tenemos confirmación de las autoridades hasta el momento, mientras que los encargados del zoológico niegan el escape del animal…»

—Trevor, apaga esa porquería, ¿qué tenemos?

—Jeff Damon Miller. Cincuenta y tres años. De Jacksonville, Florida. Vive alquilado en un departamento de las residencias Marshall, al norte de la ciudad. Soltero. Los vecinos guardaban muy poca relación con él. Sospechamos que el perpetrador ha sido uno de los osos pardos más jóvenes del zoológico. Hemos alertado a protección de animales.

»En el zoológico dicen que la jaula de Tiberius está vacía porque fue sacrificado anoche por una enfermedad pulmonar. Pero nadie da cuenta de alguna certificación oficial para este hecho. Los registros no son públicos y según los protocolos del condado, el cuerpo del animal fue utilizado como alimento para los felinos. Estamos intentando verificar la información con la alcaldía, pero si alguien del zoológico local lo está encubriendo, tenemos a un oso asesino, suelto o "intencionalmente desaparecido".

—¿Cómo llegas a la conclusión de que pudo haber sido un oso? Además, ¿los felinos devoraron a un oso de más de doscientos kilos en un día?

—Si observas con detalle las heridas en el abdomen, parecen realizadas por algo parecido a las garras de un oso. Debieron entrar por ambos costados, con un ángulo que solo puede ser alcanzado desde la parte posterior. Las marcas de acá, ¿las ves?... me hacen pensar que lo sujetó desde atrás, desgarrándole. Luego, fue arrastrado. Fue mucho más fácil ocultarse detrás de los arbustos. Atacó y huyó. La chica que encontró el cadáver dice que vio una gran sombra correr muy rápido, por aquellos arbustos de allá.

—Un oso de ese tamaño debería llevarte al suelo con una sola mano... Y a juzgar por sus rodillas y palmas de las manos, este hombre no parece haber caído de frente.

—Es posible que el oso haya esperado su oportunidad y luego embistió. Pero no tenemos testigos del ataque. Estos animales tienen actitudes impredecibles. Mi padre fue cazador en Wyoming y nunca sabes qué esperar de ellos. Aún más, estando en cautiverio por tanto tiempo...

»Por otro lado, hemos conversado con algunos vecinos de las residencias Marshall. Dijeron que vieron a la víctima tener una muy fuerte discusión con el encargado de las cobranzas del lugar. Se trata de este hombre: Preston J. Benson, treinta y cinco años, de Oklahoma —dijo Trevor al momento que me enseñaba una fotografía—. El señor Benson tiene antecedentes por robo, porte ilícito de arma de fuego, tráfico de estupefacientes y violencia doméstica.

—Toda una joya de la corona... No lo sé, Trevor... A este hombre debemos interrogarlo. Quiero que revisemos las cámaras de vigilancia de todos los locales comerciales, edificios, casas, semáforos. Todo en un radio de dos millas. Empecemos por la ruta más directa hasta las residencias Marshall. Lo que me preocupa ahora con respecto a un oso, es que una bestia de ese tamaño no tiene muchas opciones para refugiarse. ¿Dónde está la mujer que lo encontró?

—La señorita Lorena Rasmussen. Mesera, veinticuatro años. Se encontraba paseando a su perro cuando éste se desvió hacia los arbustos. Está allí, con los paramédicos. Entró en una crisis nerviosa...

—No la culpo. Yo estoy en una crisis nerviosa...

—También conseguimos esta boina junto al cadáver...

—Que la examine el laboratorio. ¿Qué más tenemos?

—Por el momento, es de noche y el parque está cerrado, pero más nada.

—No veo huellas de algún animal grande por aquí. Revisen los arbustos cercanos. Quizás encontremos algún rastro de nuestro "*Teddy Bear*".

Con más dudas que respuestas, me dirijo hacia la ambulancia ubicada a un costado de la caminería. «Un oso... maldición...», pensé.

—Señorita Rasmussen, mucho gusto. Soy el detective Evan McCarthy de la unidad contra homicidios de la policía de Tredstone. ¿Tiene tiempo para responder un par de preguntas?

—¡Fue horrible! Todo esto... —exclamó la chica entre sollozos.

—La entiendo. ¿Vio usted a alguien sospechoso en el parque o cerca del lugar del cadáver?

—Fue todo muy confuso. Es de noche, pero vi una sombra de algo muy grande perderse detrás de los arbustos. No pude distinguir lo que era. Huía con mucha velocidad.

—Veo... ¿Y usted acude al parque de manera frecuente a estas horas?

—Es mi perro Kiki, lo saco a pasear. Tiene cinco años. El domingo es mi único día libre. Trato de aprovecharlo al máximo.

—¡Kiki! Curioso nombre para un Rottweiler de ese tamaño... Señorita Rasmussen, ¿Conocía usted a la víctima?

—En plena oscuridad no pude reconocerle de inmediato. Pero ese hombre es un bohemio que visitó alguna vez la cafetería en la cual trabajo.

—*Rinaldi Coffe Shop*, ¿cierto?... Y disculpe usted mi intromisión, pero ya ve que los detectives somos así... ¿Cómo puede recordarle tan fácil si solo acudió a la cafetería una vez?

—No lo sé... Es un caminante frecuente por la calle adjunta a la cafetería...

—Veo... Señorita Rasmussen y Kiki... ¿Cierto? —dije mirando la cara perturbadora de aquel perro— ¿Puedo tomar una muestra de saliva de la dentadura de su perro?

—¿Qué está insinuando detective? Kiki sería incapaz de atacar a nadie...

—Descuide señorita. Es un procedimiento de rutina. ¿Podría por favor abrir las mandíbulas de su cariñoso animal? —dije ante las risas del personal paramédico y de mis compañeros de la policía.

—Lo podría hacer usted. Ya le dije que Kiki es inofensivo... Pero si así lo desea...

Procedí a introducir la cánula para obtener la muestra de la boca del canino.

—Vamos, un poco más... —dije mientras insertaba la paleta hacia los laterales del maxilar superior del perro— son grandes los dientes de Kiki. ¿Estuvo revolviendo al cadáver?

—No, de ninguna manera... lo aparté a la entrada de los arbustos...

—Señorita Rasmussen, hemos terminado. Le voy a dejar esta tarjeta. Por favor, no dude en llamar en caso de que recuerde algo más.

—Gracias detective. Sin embargo, le dije todo lo que vi...

—También es por mera rutina...

—¡McCarthy! —gritó Trevor insistente desde el lugar en el que se encontraba el cadáver—, tienes que ver esto...

—¿Qué es?

—Es algo así como una nota. Estaba en un bolsillo oculto de la boina...

—¿Una nota? ¿En un compartimento oculto? ¿Qué demonios dice?... Déjame leer —dije a Trevor mientras tomaba aquella misteriosa nota con una pinza y aprovechaba la luz de un pequeño faro incandescente detrás de mí. Se lee lo siguiente: *"Mi vida se termina al comienzo de cada línea de los versos"*.

—¿Qué piensas de esto? —dijo Trevor, impávido.

—Hay algo aquí que no me termina de convencer. La nota en sí puede ser interpretada de muchas maneras. Algo filosófico o quien sabe... El hombre era un bohemio. Pero todo, en su conjunto, no me hace mucho sentido.

»La chica que encontró el cuerpo, mintió. Desconozco sus razones, pero el perro tenía rastros de sangre y cabello humano en los dientes posteriores. Ella dijo que el perro no se acercó a la víctima. Dejemos que los forenses confirmen los rastros del animal en el cuerpo.

—¡Vamos, McCarthy! ¿Piensas que el perro lo mató? —replicó Trevor con una evidente confusión.

—No. Solo digo que su historia no es real. ¿Por qué alteraría los hechos?

—Podría estar muy nerviosa. Entre tanta confusión, es posible que lo haya olvidado.

—Veamos si es capaz de sostener su versión.

III

—¿Señor Preston Benson?

—¡Oh, mierda!

—Realmente somos detectives de la Policía de Tredstone. A mi lado el detective Trevor Sánchez, y quien tiene el honor de ser su anfitrión el día de hoy, detective Evan McCarthy de la Unidad contra Homicidios. Somos los buenos tras la mierda...

—¿Homicidios? ¿Qué rayos desean? Nunca he matado a nadie... Lo que sea que piensen de mí, es falso. Ya no estoy en esas cosas... Ahora tengo un trabajo y una familia...

—Queremos hablarle de este hombre —dije al momento en el que le mostraba al nervioso sujeto, una foto del cadáver de la víctima— Jeff D. Miller. Como ya debe saber, murió hace un par de días y algunos vecinos dijeron que...

—...Sí... Sí... Que ataqué al malnacido, aunque solo fueron un par de empujones... ¡Pero los merecía! El muy granuja es... ¡Era un estafador!

Miré a Trevor con ojos de confusión. Luego pregunté:

—También le amenazó de muerte, ¿No es cierto? Además, ¿En qué se basa el distinguido señor Benson para tal acusación?

—Mire detective, ese "bueno para nada" quiso pagar la cuota de su último mes de renta con una cadena de oro, la cual acepté para ayudarle. Ya sabe... Iba a parar en la calle si reportaba la deuda con el administrador. No era la primera vez que entraba en morosidad. La cadena resultó ser falsa. Estuve en problemas y casi pierdo mi trabajo por eso. Y no es que los trabajos sobren para alguien con mi pasado...

—¿Y por eso merecía morir?... Señor Benson, ¿ podría decirnos en donde estaba la noche del 26 de diciembre?

—¡Rayos detective! Estuve en Cleveland, con mi familia. Pasamos la noche de navidad con el padre de mi esposa y llegamos acá el 28, pasadas las 6 de la tarde.

—¿Tiene algo que nos pueda confirmar su coartada?

—¡Maldición! Ustedes son los policías, ¿Por qué no lo investigan?

—Podríamos hacerlo, pero con usted tras las rejas. Le recuerdo que atacó y amenazó a la víctima de un asesinato...

—Pues... pues... Demonios... Sí espere... aquí está... ¡Oh diablos! en mi billetera. Es un recibo de la estación de servicio. ¿Lo ven? ¡Ese día estuve en Cleveland! Aquí lo dice claramente, agua, algunos cigarrillos, condones...

—Podremos comprobarlo después con las cámaras de seguridad de la estación de servicio —dije volteando a mirar a Trevor—. Ahora mi honorable señor Benson, ¿podemos ver la cadena?

—¿Esa baratija? ¡Pues claro! Aquí está. El dije sí es de oro. Pocos quilates, bueno... pero la cadena no...

—Oh... Interesante. ¿Le dijo el señor Miller el significado que esta cadena tenía para él? Me refiero a estas siglas de acá, en la medalla: "P.R."

—No, en lo absoluto. No me interesa la oscuridad en la vida ajena. Ahora mis indeseados detectives, si ya terminaron...

—¡Espere! ¡Pero qué descortesía para con la visita! —dije a Benson al sujetar la puerta antes de que fuera cerrada—. Mencionó usted las frases: "¿Oscuridad en la vida ajena?"

—Ese hombre era extraño. Mi esposa es la encargada de la limpieza en las residencias. Cierto día, recogió de su basurero algunas bolsas con pelucas, ropa interior femenina, cadenas y otras excentricidades...

—¿Venía alguien frecuentemente a visitarle? Quise decir, ¿alguien excéntrico? ¿llamativo?

—Detective, son muchas vueltas para preguntar si lo visitaban travestis...

—No dije eso...

—La respuesta es, sí. De hecho, lo vi algún día borracho desde el pasillo del edificio, cerrando su puerta con un atavío muy exuberante. Con él iban un par de travestis que nunca en mi vida había visto...

—Ya veo... ¿Sabía usted señor Benson, que este dije se abre? —mencioné al tiempo en el que removía cuidadosamente la cubierta.

—Pues no. No he tocado esa porquería hasta que ustedes llegaron a interrumpir mi almuerzo...

Una vez abierto el pequeño dije de oro, nuestra sorpresa fue, cuando menos, inquietante.

IV

Al ingresar al apartamento de Jeff D. Miller en el tercer piso de las Residencias Marshall, pude constatar la naturaleza descuidada y bohemia de aquel infortunado hombre. Un hueco muy desprolijo y con abundante olor a humedad. Se trataba de un pequeño cuarto, tipo estudio, de unos veinticinco metros cuadrados. A la derecha y frente a la única ventana que despacha al estacionamiento, se encontraba un jergón de hierro reforzado con pedazos de cartón en muy mal estado. Una pocilga.

Trevor y yo nos dividimos el trabajo. Él fue a interrogar al encargado del zoológico y yo decidí darme un paseo por el apartamento del infortunado.

—¡Oh sí! —exclamé al abrir la puerta del único armario de aquel apartamento— Poca ropa, muchas pelucas. «Este sujeto sí que sabía cómo pasarla bien», pensé.

Tropecé con algunas latas en el piso. Algunas cucarachas se espantaron al cerrar la puerta del armario. Sobre la pared de fondo, observé un afiche en muy mal estado. "Borges en Italia" rezaba sobre el costado inferior izquierdo. Debajo, una firma muy improvisada, escrita a mano con tinta azul: "Nunca te olvidaré. P.R."

—Tengo que saber quién demonios es P.R.

Al lado de la cama, un cajón muy grande. Libros de todo tipo. Poesía, novelas, ensayos, en fin. Literatura clásica, muy destruida, desgastada por las polillas. Los libros exhibían marcas al azar. Pude notar que Jeff era un lector muy avezado. Bajo las sábanas percudidas del colchón, conseguí una libreta con la cubierta seca por el sol y desconchada por el sudor de las manos que usualmente la sostenían. Era un diario. «*Voilà*. Es lo que estaba buscando», pensé.

Me interesaba encontrar alguna referencia a las iniciales "P.R." o a la reveladora imagen dentro del dije de Benson, o de la nota en la boina el día de su muerte. Alguna pista que nos condujera al verdadero homicida de Jeff. Estaba claro que el perpetrador, no había sido un oso.

—Veamos, ¿qué tenemos por acá? Citas breves en la página uno, algunas frases anotadas, al parecer de manera aleatoria en todas las páginas. Direcciones, números de teléfono... De repente funciona la asociación con las iniciales de esos nombres... Jackson Hoffman, no. Sería J.H, Miranda Sandberg, Victor Rintasky, Aaron Fawler, ¡demonios! No están en orden alfabético. ¡Acá está! ¡Pero aparece como P.R. y no tiene un número de teléfono asociado!

Sin embargo, algunas notas a pie de página con referencia a las iniciales, llamaron poderosamente mi atención:

Sin ti soy un errante, un pobre escritor de dolores propios.
Mi tesoro italiano con aroma a café.

Al pasar la página, algunas hojas pequeñas cayeron al piso. Me incliné para recogerlas, ya que una de ellas fue a parar bajo la cama. Luego de apartar algunos zapatos viejos y otros estorbos, las rescaté para inspeccionarlas. Parecía un poema firmado por

Jeff D. Miller. "La Soledad de un Errante" era su titulo. Dentro de la libreta, también observé una servilleta cuidadosamente doblada. Al extraerla verifiqué manchas de algún líquido parecido al café. «¿Qué es esto?» pensé confundido. El membrete decía: *Rinaldi Coffee Shop*. «¿Y no es este el café en el cual trabajaba la testigo que consiguió el cadáver?»

Al mismo tiempo, escuché un movimiento del picaporte de la puerta, detrás de mí. Alguien pretendía entrar a la habitación.

—¿Quién está ahí? —pregunté.

De repente, sentí unos pasos moverse muy rápido afuera, en el pasillo. Solté la libreta y desenfundé el arma de reglamento. Salí de inmediato y traté de observar dentro del alcance que me permitía la intermitencia del tubo de neón en el techo, casi a punto de desvanecerse. Aproximadamente a cuatro metros de mi posición, una sombra bajó las escaleras a toda prisa. Una persona grande, a juzgar por el sonido de sus pasos.

—¡Alto! ¡Es la policía!

Corrí por las escaleras, tratando de llegar al primer piso. Golpeé accidentalmente mi hombro con un extintor mal colgado sobre la pared. Se cayó mi arma y lo hizo justo frente a la puerta de salida al estacionamiento. Afuera, escuché el encendido de un auto. Traté de recuperar el arma para luego salir, pero dispararon tres veces contra la puerta. Me arrojé al piso para evitar las balas. El chillido de las llantas me indicaron que el auto avanzó. Cesaron los disparos. Ya con mi arma en la mano, abrí la puerta para presenciar la huida de una camioneta negra, de las viejas. Corrí hasta mi auto, a unos diez metros. No pude hacer nada, había escapado. Alcancé la radio y pedí apoyo de las unidades para seguir a una cargo negra por la calle Birmingham. De inmediato, decidí subir a la habitación de Jeff para recoger el diario y llevarlo a la comandancia. Sin embargo, alguien había aprovechado el momento de la persecución para entrar al apartamento y llevárselo. De igual forma, arrancaron de la pared el afiche de "Borges en Italia". Con pintura aerosol roja, quedó dibujada una imagen similar a la encontrada dentro del dije de oro que le fue entregado a Benson. Se trataba de la garra de un oso dentro de un triángulo invertido. Se atrevieron a firmarlo para confirmar nuestras sospechas. Se burlaban de nosotros. Eran dos iniciales: P.R.

V

—La nota dentro de la boina, el poema en la libreta, este hombre sabía que su vida corría peligro... — Dijo Trevor estupefacto.

—...Tiene una copia.

—¿Qué dices?

—El poema de la libreta tiene una copia. Vi los rastros del papel carbón antes del ataque. ¿Has encontrado alguna referencia al símbolo con las garras de oso?

—No. Debe ser de una orden secreta o algo parecido... Para algunos chamanes, la garra de oso representa fuerza, coraje, defensa, protección...

—Chamanes... —dije confundido—. De la cafetería, ¿sabes algo? ¿Tenemos la orden del juez para realizar el allanamiento?

—Está a nombre de un sujeto del cual no hemos podido encontrar muchas referencias... Un tal John Bertolotti... Vive en la calle Browers, número 75. Y sí, llegó esta mañana. Aunque el Juez Robson no estaba muy convencido. La historia del oso nos dejó un poco mal parados... Tuve que mover algunos contactos y cobrar algunos favores...

—¿Y Katty Rinaldi qué papel juega en todo esto?

—Ni idea McCarthy...

—Ella lleva el apellido de la cafetería, sin embargo, el dueño es el mesero... Por otro lado, ¿qué pudo haberle causado esas heridas a Jeff?

—¿Unas pinzas de tipo gancho?

—O una mano afilada como las de Freddy Krueger... Tenemos que visitar a los amigos de la cafetería. Y debe ser ya. Es a lo menos extraño que una cafetería que se llame *Rinaldi Coffee Shop*, tenga como único dueño a un hombre de apellido Bertolotti con una vida insípida. Creo, mi querido Trevor, que nos estamos acercando al fondo de todo esto...

—¿Qué hay del poema de la libreta? ¿Recuerdas algo?

—Solo que se titula: "La Soledad de un Errante"... Y es algo así como una desgarradora experiencia de rechazo amoroso.

Trevor y yo, tomamos entonces nuestros abrigos y luego de atravesar la ciudad, incluyendo al Parque Wolks, llegamos a la cafetería, la cual de manera extraña, se encontraba cerrada un Lunes. Decidimos entrar por la puerta trasera, la que da acceso directo a la cocina. Algunos agentes se quedaron afuera revisando el contenedor de basura. Trevor, un par de agentes y yo, forzamos la entrada luego de asegurarnos de que nadie nos abriría la puerta.

—¡Todo está limpio! —reportaron los agentes tras la comprobación de que no tendríamos una recepción poco amistosa.

Ordené que los agentes se concentrasen en la sala de la despensa. Trevor lo haría en la cocina. Yo quería entrar a la pequeña oficina.

—¡Hay un mal olor aquí!

—¡Trevor! —grité de inmediato.

Abrí la puerta de la oficina. Encendí la luz.

Lorena Rasmussen apareció degollada. A su lado, su Rottweiler "Kiki", también lo estaba.

—¡Maldición! ¡Llegamos tarde! —dije a Trevor mientras salí de la cafetería—. Quiero que revisen este sitio de arriba abajo —grité enfurecido.

—McCarthy, ¿A dónde vas?

—Voy a buscar a ese malnacido. ¿Viste la planta de la oficina?

—No.

—Es una "Garra de Oso". En la población de Sierra de Gredos, en España, una leyenda cuenta que alguien hizo una ofrenda a Dios hace 400 años a la entrada de la Iglesia de San Juan Bautista, como señal de agradecimiento por ser salvado del ataque de un oso. Una de las puertas de la Iglesia tiene dibujada una "Garra de Oso". Las personas del pueblo se niegan al cambio de las puertas.

—¿Y eso qué significa?

—El desconocido mató al oso y lo hizo con una guadaña. John Bertolotti no es italiano. Es español, hijo de inmigrantes italianos. Alguien, le debe la vida a alguien más en esta cafetería. La planta en la oficina y la simbología del oso es...

—¡Agradecimiento! —Exclamó Trevor.

—¡Detectives! —gritó uno de los agentes al salir de la cafetería.

—¿Qué tenemos? —respondí a punto de subir al auto.

—Son las copias del poema...

—¡Excelente hallazgo! Déjame verlas. Sigan buscando. Estamos tras la pista del arma asesina: al menos una guadaña.

—Al fin podremos revisar el poema para descifrar el acertijo de la nota en la boina —respondió Trevor excitado.

—¡Aquí está! —grité de emoción al golpear las hojas con mi dedo índice—. ¡Ese Jeff Miller era un genio! Observa las palabras que se forman con la primera letra de cada línea del poema.

— "J", "o"... es el asesino". ¡John es el asesino! ¿Pero qué hay de las iniciales "P.R"?

—Ya lo vas a saber, amigo mío... Primero debemos encontrar a esos malvivientes de John Bertolotti y... Paolo Rinaldi...

—¿Paolo Rinaldi?

—Katty... No es ella, mi querido Trevor. Fue un hombre antes del cambio de sexo. Paolo Rinaldi fue la pareja sentimental de Jeff Miller. Su familia estuvo en contra de sus desviaciones y tuvo que ser internada en un psiquiátrico a causa de la crisis emocional. No asocia mucho con su memoria, por eso traspasó la cafetería, la única propiedad que tenía, a nombre de John.

»Literalmente se salvaron la vida mutuamente. A Lorena Rasmussen la contrataron porque los extorsionaba; de otra manera, no ganaría tanto como ayudante. La utilizaron esa noche en el parque para vigilar que no hubiese nadie cerca, mientras John atacaba por la espalda a Jeff.

El día en que me atacaron, Paolo Rinaldi fue a casa de Jeff a deshacerse de todo lo que tuviera sus iniciales. Por eso, se llevaron el afiche de "Borges en Italia" y la libreta.

—¡Excelente trabajo, McCarthy!

—Lo asesinaron en el parque, antes de hacernos creer que había sido un oso. Pagaron al cuidador del zoológico para matar y desaparecer al animal una noche antes.

—Y eso, ¿cómo lo sabes?

—Aquí está la evidencia... El cuidador del zoológico recibió una transferencia por 50.000 dólares desde una cuenta en España a nombre de John Bertolotti.

VI

Luego de comprobar que habían abandonado sus casas y que además se habían comprado unos boletos de avión con destino a Rusia, los detectives pudieron detener a John Lucas Bertolotti y a Paolo Gabrielle Rinaldi en el aeropuerto. Un año después, la pareja de asesinos fue sentenciada a cincuenta años en la prisión estatal de Tredstone.

Las guadañas, nunca fueron encontradas.

11
EL OCÉANO DEL MAL

C on sed de sangre en sus ojos, el tiburón rodeó una vez más al elefante antes de huir despavorido.

12

¿DÓNDE ESTÁ JACK RICKSHAW?

Tal parece que no era la primera vez que lo visitaban los alienígenas. Sin embargo, frente al último destello brillante que el cielo le entregaba aquella fría noche de noviembre en Nueva York, Jack Rickshaw cayó arrodillado para no ser encontrado nunca más.

Primer acto: Zimmerman es un imbécil

Ocurrió en el balcón principal del centro de noticias del diario *The Manhattan Post*, a las diez y trece de la noche para ser exactos. No se puede observar nada más en el video, ya que al momento en el que las rodillas tocaron al mismo tiempo el suelo, su teléfono cayó desde el piso quince, girando como un trompo encendido. No hubo gritos. Solo el destello incandescente de lo que parece una silueta de aspecto humanoide, difusa detrás de sus ojos de pánico. Fue todo lo que nos pudo ofrecer el rápido giro del móvil en picada.

«¿Dónde está Jack Rickshaw?» fue el titular de primera plana de aquel 24 de noviembre de 2021. Muchos acusaron al diario de amarillista. Otros se atrevieron a más. Los editores del *The New Yorker* improvisaron un tiraje vespertino para insinuar que Rickshaw solo estaba de vacaciones forzadas, ya que Antoine Zimmerman, el jefe de redacción, había cesado al sureño horas antes, debido a su incapacidad para cubrir eventos que llamaran la atención. Pero debían comprobar que el video era falso, cosa muy difícil de hacer, porque todos los expertos coincidían en la veracidad de lo que sus ojos habían visto.

—¡Rickshaw, a mi oficina! ¿Qué diablos pasa contigo? ¿Por qué Goodman tiene la primicia de Ben Affleck y JLO? ¿No se supone que éramos nosotros quienes estábamos detrás de esa foto?

—Pagaron, Antoine...

—¿Y por qué demonios no pagamos nosotros? Jack, estoy cansado de tus estupideces. ¡No puedo explicar estas cosas! *The New Yorker* tiene a Goodman en cada maldita esquina de Manhattan y a ti el trasero no te cabe en el asiento de tantas rosquillas. ¡Roberts, a mi oficina!

—¡Oh sí! Ahí viene Clark Kent...

—Si tuvieras las agallas de Roberts, todo el maldito departamento estaría forrado con Pulitzer. Joe, ¿cómo va lo del divorcio del presidente Porter?

—La ex primera dama nos dará la entrevista y Rickshaw jamás será presidente...

—Imbécil...

—¿Hay alguien de López siguiendo esto?

—Sí. Barry ha intentado obtener la entrevista a través del jefe de gabinete, pero la ex primera dama quiere que seamos nosotros los que hablemos acerca del divorcio.

—Excelente. ¿Has cubierto farándula?

—¡Vamos, Antoine! No puedes dejarme afuera de esto. Tengo la entrevista asegurada con Arctic Pinky... Además, ya casi tengo en mis manos las pruebas del escándalo del secretario de defensa.

—¡Cállate, Rickshaw! ¡Es mi trasero el que está en juego!

—Bueno... No lo he hecho, pero no creo que haya nada complicado con una cantante que solo muestra ropa interior en vivo —dice Roberts.

—Vete al Madison. Tráeme la maldita entrevista con Pinky. Necesito calmar al jefe y tapar un poco el golpe de Goodman y López. Vamos a devolverles con todo. ¡Jenkins! Por favor, alcánzame una aspirina. Este maldito día parece que no quiere terminar.

—¡Y tú, Rickshaw! Quiero que salgas inmediatamente de mi oficina y vayas a cubrir la inauguración del Zoológico de Nueva Jersey. Procura traerme aquí una entrevista con el elefante, o la primicia del mono que escribe con ambas manos. No sé qué demonios vas a inventar, Jack, pero solo tienes veinticuatro horas antes de que ponga tu asqueroso trasero de patitas en la calle.

—¿Es en serio, Antoine? ¿Al zoológico?

—¡Una primicia, Rickshaw! Solo una... Por una maldita vez... ¡Ah! Y se me olvidaba... No quiero nada más de la mierda extraterrestre sobre mi escritorio, a menos que me traigas fotos de un hombrecito verde abrazando a Obama. ¡Cierra la puerta cuando salgas!

Minutos después de la incómoda conversación, la taza de café de Rickshaw se enfriaba indiferente sobre su escritorio. El ratón danzaba sobre la pantalla para buscar documentos archivados, oportunidades con destellos amagados a la sombra de su preocupación. El teléfono seducía, pero también le hacía dudar.

—Cristina, ¿cómo estás?

—Hola, Jack. ¿Tienes un minuto para conversar?

—Sí, claro. ¿El secretario va a hablar?

—Las cosas han cambiado un poco. Te hablo después. Ante la contundencia de las pruebas, el presidente ha decidido ser él quien se encargue personalmente del asunto. Le aconsejaron que no se ande con rodeos y que aparte al secretario Morgan antes de que el escándalo se le venga encima. Esto le dará un margen de maniobra para las próximas elecciones del congreso.

—¡Estupendo! ¿Cuándo me dará la entrevista?

—Jack... El presidente quiere a Goodman...

—No, Cristina, no puede ser. Debes estar jugando...

—Lo siento, Jack. Es una decisión tomada. El presidente está un poco incómodo con la insistencia del *Manhattan Post* en querer hablar de su divorcio con la ex primera dama.

Al colgar el teléfono, Jack admitía que ese sería el final de su carrera de quince años como periodista. En la oficina del jefe, Roberts y Zimmerman compartían chanzas y se reían del rebuscado peinado de Jenkins como si fueran amigos inseparables, al menos así lucían antes de que le bajaran las persianas marrones. El resto de la oficina olía a papel viejo. A un poco de cigarrillo también, pero eso ya era responsabilidad del cenicero de agua del puesto de Jenkins, una secretaria de avanzada edad con un gran lunar sobre su boca y un caminar de pasos pesados. Jack necesitaba tiempo para respirar, reorganizar un poco las ideas. Era un hecho que no asistiría al zoológico. No tenía sentido cumplir con el castigo de Zimmerman, si para mañana a esta hora estaría despedido. Quizás antes, si la entrevista de Goodman se adelantaba. Pensó incluso en renunciar, pero no le daría el gusto a Roberts de verlo partir con la cabeza baja. Todavía más cuando sabía que *The New Yorker* había sido comprado meses atrás por un importante grupo financiero de *Wall Street*, por lo que su brazo financiero alcanzaba para comprar fuentes noticiosas e incluso y era algo que no se atrevería a afirmar en público, para fabricar noticias que garantizaran la felicidad de sus patrocinantes. Zimmerman lo sabía, pero jamás lo iba a reconocer en la oficina.

—El café en exceso es malo para los nervios —dice Laura Hawkins a Jack en la pequeña cafetería de la oficina. La hermosa periodista que cubre la fuente deportiva, se acercaba al dispensador de agua caliente para preparar su acostumbrado té de camomila.

—La camomila me da sueño.

—Al menos te mantiene sano. Zimmerman está intenso hoy, ¿no?

—Es un idiota.

—¿Qué hay de la abducción de tu esposa?

Jack suspiró de incomodidad por una pregunta que entendió como provocadora.

—¿En serio, Laura? ¿Tú también estás del lado de Roberts?

—De ninguna manera. Yo creo en tu versión de las cosas. Solo que será difícil construir algo tangible alrededor de ese tema. ¿Sabes? Zimmerman piensa que si publica algo como eso, los accionistas no lo verían con buenos ojos. Lástima que no tengas nada contundente.

—Gracias. ¿Y a ti cómo te va con lo del traspaso del jardinero central de Boston a los Yanquis?

—Nada nuevo. El agente de Jones tiene paradas las negociaciones por el monto de la cláusula de rescisión. Quiere una tajada más grande y el chico no se da cuenta. ¿Vas al zoológico?

—No creo. Ese reportaje no se publicaría de todos modos. Voy al bar de Chad a tomar un par de copas que me abran la mente un poco. ¿Me acompañas?

—¿Es una cita?

—¿En el bar de Chad? No creo, no sería para nada apuesto de mi parte.

—Ni yo tampoco saldría con un potencial desempleado...

Ambos rieron, pero acordaron verse en el bar para tomar algo mientras escapaban un rato de la oficina.

Al devolverse al escritorio, Jack consiguió un racimo de bananas con una nota escrita a mano que decía: "Para los monos del zoológico". Todos en la oficina rieron. Incluyendo a Laura, aunque trató de disimular un poco con el típico gesto de su mano izquierda cubriéndole la boca. Antes de tomar su abrigo del viejo perchero de madera, Jack tomó las bananas y las arrojó con desgano hacia la papelera para, sin decir nada más y en medio del ambiente de broma, salir de la redacción del periódico con destino al bar.

Una vez en el ascensor de la Torre Groesbeck, sede del *Manhattan Post*, Jack tomó su móvil para revisar la lista de contactos. Abraham, Allison, Amber Pharmacy, Astudillo... Nada interesante. Dos personas más le acompañaban en su descenso hacia el lobby de la torre. A su derecha y al frente de los controles, se hallaba sentado Javier, el ascensorista. Ligeramente a su izquierda y delante de él, podía ver a un hombre de mediana edad, espigado de cara alargada. Saco negro, lentes negros, guantes negros, zapatos negros. Hasta una sombrilla, también negra. En su mano, portaba un maletín de los viejos, con aspecto de muchas batallas y atado curiosamente a través de una cadena a un brazalete de seguridad en su muñeca derecha. Nunca le había visto en el edificio. Aquel hombre circunspecto, volteó a su encuentro para con una simple mueca, saludarle entre dientes.

De aspecto irlandés, era evidente que su pie izquierdo era más grande que el otro. Al llegar al solitario lobby, no había más que seis personas. Tres de ellas lucían un poco extraviadas buscando la sede de la embajada de Costa Rica:

—Es en el piso cuatro— les dijo con inusual gentileza.

Luego, salió del edificio para atravesar la calle. Eran como las cuatro de la tarde y todo estaba gris dentro de un otoño neoyorquino más frío que de costumbre. A diferencia del lobby de la torre, la avenida mostraba un intenso ajetreo en ambas vías, mientras un oficial de policía trataba de ordenar la aleatoria comparsa de transeúntes, vehículos, ciclistas y tranvías. Todo un ejercicio de paciencia el de aquel hombre de ley. Mientras esquivaba un taxista de origen oriental que intentaba poner en marcha su vehículo, pudo notar cómo el curioso hombre del maletín se quedó parado frente a la torre, esperando a alguien, imaginó. Siguió su camino dos cuadras más abajo, en busca del famoso bar de Chad. Una pequeña cantina de almuerzos y bebidas, cuyo frente estaba cubierto por un toldo de lona roja con un inconfundible logo: *Chad's Bar*. Bajo ese toldo gastado por la inclemencia del clima, se reunían bohemios escritores, ajedrecistas, personas entretenidas en alguna tertulia, entre otras. De hecho, en una de las mesas dispuestas para el ajedrez, practicaba el famoso maestro David Swanson, por allá por 1976. Aquel pelirrojo de maneras introvertidas, quien se dio el lujo de derrotar al campeón mundial de entonces, el ruso Andréi Ivanov.

Durante su caminata, Jack intentaba recordar algún contacto que pudiese conducirle a una entrevista importante. No obstante, el tumulto de personas que transitaban por la acera le impedían mantener la atención. Al pasar una cuadra, vio que un grupo de tres patrullas de policía y los bomberos se encontraban frente a una famosa tienda por departamentos. Intentó acercarse, pero resultó ser una persona mayor de edad con un episodio hipoglucémico. No sería noticia para él, por lo que siguió caminando.

—¡Voy saliendo! —escribió Laura por mensaje de texto.

—Ok. Te veo allá —respondió Jack.

Al girar la esquina, pudo ver el toldo del bar, por lo que guardó su teléfono en el bolsillo del abrigo y comenzó a quitarse los guantes. Una vez en el bar, saludó a Chad y tomó una de las mesas del fondo, solo para dos. No era que tuviese ninguna intención con Laura, sino más bien que sabía que las conversaciones entre ellos debían mantenerse lo más discretas posibles. Sin embargo, primero decidió ir al baño mientras le pedía a Chad un whisky doble en las rocas. Dejó sus cosas sobre la mesa y caminó por un estrecho pasillo con poca iluminación, hasta el final. Una mesa pequeña con un anticuado florero sobre él, marcaba las distancias entre el baño de hombres y el de mujeres. Al abrir la pesada puerta de madera y resoplar ante el característico olor de los baños, buscó uno de los urinarios disponibles. Jack era la única persona en aquel sitio, por lo que hice lo suyo, a sus anchas, con suspiro de alivio y todo. Pero desde afuera y bajo el espacio que dejaba la separación del retrete pudo observar sobre el suelo, un misterioso maletín olvidado, que de inmediato reconoció como el del misterioso hombre de negro del ascensor.

Segundo acto: Jack cuenta su propia historia

La improvisada puerta de la cabina está abierta, por lo que solo fue cuestión de empujarla a medias para comprobar que en realidad no había nadie ahí, solo el maletín. La confusión de aquel hecho me impacta un poco y lo único que se me ocurre es salir para ver nuevamente al hombre de negro y avisarle que su maletín está en el baño. Pero no. Ni rastros de aquel hombre. «¿Qué tan probable es que haya llegado al bar primero que yo?», pienso. «¡Vino en auto!» me respondo de manera casi inmediata.

Decido entonces devolverme al baño para tomar el maletín y entregárselo a Chad, ya que si aquel hombre lo llevaba amarrado a su muñeca, debía ser de suma importancia para él. No obstante mi intención fue en vano. El maletín ya no está allí. «¡Esto es imposible! Nadie ha entrado en este baño mientras yo salía».

Mi cuerpo comienza a agitarse. Presiento que algo no está bien. Corro y me aventuro a explorar en el baño de mujeres, pero allí consigo a Laura, quien se sorprende al verme.

—¡Oye vaquero! Te equivocaste de puerta.

—Sí. Disculpa, vengo distraído. Te veo afuera.

—Oye Jack, Chad me dijo que tomaste la mesa tres, pero ese hombre que está allí, ¿lo invitaste tú?

—¿A qué hombre te refieres?

—A un sujeto que viste de negro...

—¿Dices que un sujeto de negro está en nuestra mesa?

Laura asiente y yo salgo corriendo, luego de comprobar visualmente que no hay nadie más con ella en el baño. Al llegar a la mesa, todo cambia drásticamente.

—¡Chad! —grito parado al frente de la mesa— ¿Viste quién dejó este maletín sobre mi mesa?

—¡Claro que sí! Fuiste tú al llegar. Luego me pediste un whisky doble y te fuiste al baño.

—Pero, ¿qué estás diciendo hombre? Nunca me has visto con un maletín.

—Sí, me pareció raro. El buen Jack nunca usa maletín. Deduje que era del hombre de negro que llegó contigo.

—Chicos, ¿me estoy perdiendo de algo? —dice Laura, quien ahora se incorpora desde el baño.

—Es Jack. Está muy raro últimamente. Creo que el trabajo le está afectando mucho —.Dice Chad, quien seca unos vasos y los acomoda en la bandeja de la barra.

—Creo que Chad tiene razón. Jack, ¿quieres que te lleve a tu casa?

—Ese maletín...

—¿Qué pasa con el maletín? —responde Laura.

—Creo que me están siguiendo. Tenemos que llamar a la policía...

—Espera...Espera...¿A la policía?¿Para qué?

Luego de sentarnos, le cuento a Laura todo lo que había ocurrido. Charlamos sin parar por poco más de dos horas. Sorprendida por la historia, me hace entender que podría tratarse de una fuente oculta intentando divulgar alguna noticia extraordinaria. Sabía que tenía razón, pero no estaba convencido de querer abrir el maletín.

—Jack, ¡esta es tu oportunidad de tener algo bueno en las manos!

—Ni siquiera sabemos qué hay adentro, Laura. ¿No ves que esto podría ser peligroso?

—¿Ahora tienes miedo? Los buenos periodistas no pueden trabajar con miedo.

—¡Chad! Tráeme dos whiskies dobles y una margarita...

—¡No le traigas nada! —replica Laura haciéndole a Chad un gesto con la mano— Jack, no puedes emborracharte. Tienes que estar sobrio para enfrentar lo que sea que haya allí adentro. ¡Es tu carrera la que está en juego!

—Pero es que...

—¡Jack! —gritó Laura golpeando la mesa— ¡O lo abres tú o me encargo yo!

—¡Demonios! ¡Demonios! Está bien. Lo voy a abrir. Pero, con dos condiciones. La primera: Tú estarás conmigo en esto.

—Ya estoy contigo en esto. ¿Y la segunda?

—¡Chad! ¡Dos whiskies dobles!

—Maldición Jack...

El tiempo siguió pasando en la conversación. Se me da bien la charla con Laura y me gusta. El reloj de la barra marca ahora las 9:35 p.m. y nos aventuramos a abrir el maletín. Laura lo toma e intenta sacar la correa sin éxito. Está ansiosa y apenas si puede coordinar sus manos, razón por la cual se lo arranqué y de un tirón desprendí la correa que nos separa a ambos de la intriga. Al abrir la solapa, vemos que aparte de algunos papeles sin mucho sentido, está prácticamente vacío.

—Pero ¿qué diablos? —digo indignado.

—Espera, ¿Qué es esto? —dice Laura sacando un elegante pañuelo desde el fondo del maletín.

Tomo el último de los whiskies que Chad me había traído, y lo bebo de un solo trago. Laura y yo nos vemos las caras, cuando sobre uno de los lados de la tela se lee claramente con tinta roja y con letra algo apresurada, un mensaje que dice:

Jack Rickshaw. 10:00 p.m.
Balcón del Manhattan Post.

—¡Te lo dije Vaquero! —grita Laura con emoción anticipada—. ¡Vamos! Tenemos que salir para allá.
—¿Crees conveniente que me acompañes? Puede ser peligroso.
—¿Vas a romper ahora la condición que tú mismo pusiste?
No me deja otra salida. Llamo entonces a Chad para cerrar la cuenta y pedirle que lo anotara para la cancelación mensual. Salimos del bar con el maletín y abordamos un taxi. Eran solo dos cuadras, pero la premura y los tragos demás, me impiden caminar de forma decente. No quiero que la noticia sea algo como: «Periodista Jack Rickshaw pasea por Manhattan en estado de ebriedad.»

Tercer acto: ¿Dónde está Jack Rickshaw?
El taxista oriental que horas antes Jack había esquivado a la salida de la torre, los recogió en la avenida, ganándose diez dólares por el corto viaje. La noche era oscura, muy oscura, aunque despejada, pocas nubes se atrevieron a posarse sobre el cielo ese día. Laura y Jack, entraron a la torre. Ambos tenían sus credenciales de prensa con las que podían acceder a la oficina a

cualquier hora. Una vez en el piso quince, salieron del elevador justo en el momento en el que el fluido eléctrico se cortó y las luces de emergencia del pasillo se encendieron. Laura sujetó a Jack del brazo, como buscando protección. Él la besó. Fue instintivo. Ella sonrió.

Jack tomó su teléfono y trató de alumbrar lo mejor posible para buscar el lector de tarjetas de la entrada. No sabía si presentar su credencial de un lado o del otro. Estaba muy nervioso. Cuando lograron entrar, no había nadie en la redacción. Los periodistas de guardia trabajaban desde la otra sede, porque se suponía que tendrían mejor tiempo de respuesta ante las coberturas eventuales. La puerta que daba acceso al balcón estaba abierta. Laura encendió la luz de su teléfono para ir al baño, mientras Jack se aproximaba cauteloso hacia su escritorio. Colocó el maletín sobre la silla y se despojó de toda la indumentaria para el frio. Esperó algunos minutos para que Laura saliera. Sin embargo, se tardaba demasiado.

—Laura. ¿Todo está bien allí adentro? —gritó desde afuera.

No contestó. Al abrir la puerta del baño, notó que estaba vacío. Por lo que, espantado, salió corriendo para verla parada afuera, en el balcón y con el maletín en sus manos.

—Laura ¿de qué se trata todo esto? ¿Cómo saliste del baño sin que te viera?

No contestó. Solo se volteó y señaló con dirección hacia el cielo.

—Ok. Esto se salió de control. Voy a tomar mi teléfono y voy a transmitir en vivo lo que ocurre. Entenderás que es por mi seguridad —dijo Jack, totalmente contrariado.

Laura negó con la cabeza. Justo antes de comenzar a transmitir, saltó desde el balcón, con el maletín. Jack horrorizado, corrió para detenerla pero no podía gritar. Algo inexplicable le ahogaba desde las entrañas. Llegó al balcón y apuntó al cielo.

Un extraño objeto luminoso realizaba movimientos que desafiaban completamente a la gravedad. Jack no podía creer aquello que sus ojos veían. De inmediato la transmisión se viralizó, llegando al punto de colapsar la red social por la cual transmitía. Cayó de rodillas ante la inmensidad de aquel aparato que flotaba en el cielo. El teléfono no se sostuvo más tiempo en sus manos. Todo se apagó, pero no por mucho tiempo.

Luego, Jack despertó sobre la mesa de lo que parecía ser el bar de Chad. Todos vestían distinto. Chad no estaba allí. El calendario sobre la pared indicaba el 24 de Noviembre del año 2221.

—Hola, me llamo Laura, ¿el señor desea algo para beber?

13
DOS MECEDORAS

Cuando se siembra, no solo germina una semilla. También brota una esperanza. Eso dice el abuelo cuando voy a visitarlo a la finca, los domingos por la tarde. El improvisado letrero colgado sobre los corroídos tubos rojos del portón advierte a los visitantes que no se puede pasar sin invitación.

"Solo me interesa la dentadura de mi perro, no lo que desgarre". Nadie se acerca.

Muy pocos han visto al perro. Sin embargo no resulta difícil imaginar la despiadada cara de Piolín. Un pitbull morado, porque ese animal es morado, como de sesenta kilos y dos lanzallamas por debajo de las mutiladas orejas. Tiene cicatrices en su rostro y también en gran parte de su cuerpo, producto de las intensas batallas con cunaguaros y otros depredadores que buscan robarse las gallinas del abuelo.

Al llegar y a pesar de que Piolín nos conoce, preferimos esperar a que el abuelo lo amarre para poder pasar. Mi papá y mi tío descienden entonces del vehículo para, colocándose cada uno en un extremo, abrir el portón. En época de lluvia, tienen que halarlo desde abajo para destrabar los pasadores del charco. Lo hacen solos, porque el abuelo no sale a recibir a nadie. Nunca.

Sentado a unos veinte metros de la entrada de la finca, hace una señal con el pulgar para indicar que Piolín está amarrado. En realidad, ese gesto significa varias cosas a la vez. Por un lado, que el abuelo aprueba la visita. Por el otro, y el que todo el mundo entiende primero, es que el endemoniado perro está bajo control. Pero además, es una clara indicación para que los visitantes se fajen con el portón, porque el abuelo no se mueve de la mecedora para atender a la visita. El que quiera venir a la finca, ha sido por decisión propia. Por estos lados del Puerto Santo la gente gusta mucho de la economía de la comunicación y de la soledad del campo.

El abuelo conmigo habla un poco más. Diría que se vuelve hasta poeta porque dice que soy la esperanza de la familia, es decir, él piensa que debo cuidar de la finca cuando él no esté. Esta tampoco es una cuestión menor. Es como la línea de sucesión. Lo más parecido a una herencia al trono de la finca. Mi abuelo se siente como parte de la realeza y esta propiedad, es un gran palacio cubierto de mangos y auyama. El problema básico es que tanto mi papá, como mis tíos Alberto y Sonia, la menor, se fueron de la casa antes de los dieciocho. Huyeron, quise decir. Con bolsitas en mano, agarraron el único camión que los sacaría del pueblo, "El Chicharrón" del viejo Farías, un Ford 750 con la plataforma transformada pero no con la suficiente comodidad como para evitar la tragadera de polvo. Todo aquel que quiera salir de Puerto Santo con destino a la capital, debe pasar por "El chicharrón", a menos que seas de los Rodríguez; porque esos tienen camiones propios. En fin, para los mortales "El Chicharrón" sale del mercado del pueblo, todos los días a las siete, que es cuando la mañana está fresquita. Sin embargo, bajar de "El Chicharrón" no es el final del trayecto. Luego de varios trasbordos, pernoctas en la vía, aventones fortuitos o largas caminatas, se llega a la capital. Y así lo hicieron los hijos de mi abuelo, o sea mi papá y mis tíos. Creo que no había tanto problema si se hubiesen ido para otro lado. Cienpinta o La Ensenada, quizás. Pero el abuelo odia la capital, tanto como a las visitas. En sus setenta y tantos, la habrá pisado tres veces, dicho por el mismo.

—Si voy para esa vaina es a renovar los papeles de la finca.

¿Por qué no le gusta la capital? Es un misterio. Cosas de viejos. Algún recuerdo que lo marcó en su juventud. No lo sé. Lo cierto es que la odia tanto, que revisa la prensa diaria solo para hablar pestes de todo lo que ocurre allá. Si las cosas que pasan son buenas, dice que la capital tiene lo que tiene por pueblos como Puerto Santo. Y si la noticia es negativa, entonces alega que por eso no va para allá a llenarse de miseria, porque la miseria de la capital se pega. Puede pasarse el día entero sentado en la mecedora de mimbre despotricando de algo que leyó y observando a todo aquel que pase cerca del portón. Está claro que no le gustan las visitas.

Recuerdo que en alguna oportunidad, un vendedor de ollas intentó convencerlo para que se acercara al portón. El abuelo solo hizo el gesto, pero de negación con su dedo índice.

Imagino que en el entrenamiento de ventas, al pobre hombre le dijeron que nunca aceptara un no por respuesta. Optó por la insistencia y se equivocó. "Si Mahoma no va a la montaña..." habrá pensado el infortunado.

¿El saldo? Una prótesis para el lugar en donde iba la pierna derecha.

—Si el hombre no sabe leer y no entiende de palabra... —decía mi abuelo.

Y mire que lo buscaron con abogados, cartas de la capital y hasta le escribió el prefecto. Pero Celso Molina, es un viejo con mucha maña y resabiado para dar contesta. No mas del metro sesenta, de piel curtida por los sembradíos y fuerte como un roble. Cualquiera se equivoca. Aunque el viejo era un hombre culto, no se le puede quitar. Reflexivo, de muy pocas palabras y amante de sus matas y de su perro. Dile cualquier cosa a él. Insúltalo, si lo deseas. Pero no le pises la grama o le afinques una piedra a Piolín. No creas que por la zona no lo han intentado. Detrás de esa mecedora con algunas cuerdas sueltas y de su aspecto de hombre apacible y de campo, hay una escopeta y mucha decisión a usarla. Por eso, el abuelo no tiene amigos.

—¡Coño Celso, es que el animal tuyo me jodió al mono!

—Mira Pancho. Es mejor que recojas a tus animales y que no vengan a joder para mi terreno. Mi perro no sale de la finca, así que si el mono te apareció por partes, es porque se metió a cogerme las naranjas.

—Ok Celso. No nos vamos a entender. Llevemos la vaina así, por la paz. Pero cuida al tiranosaurio ese, porque donde te lo vea mal parado, te lo jodo.

Ese día Pancho Rodríguez corrió como nunca por la vía de los tractores. El abuelo se le fue atrás a escopetazo limpio porque a Celso Molina, nadie le amenaza a Piolín.

—Papá, es que tienes que cuidar ese carácter. Nadie te va a venir a ayudar cuando te pase una vaina aquí. ¿Cómo le vas a lanzar unos escopetazos a Pancho? —le dice mi tío Alberto saliendo del baño.

—Que corra el pendejo ese. Además, no lo quería matar, solo darle un susto...

—¿Y si le da un infarto? ¿Vas a cargar con ese muerto en la conciencia? ¿O es que a esa edad tu crees que es fácil correrle a una escopeta?

—¡El mono me jodió las naranjas!¡Toda la mata me la destrozó! Es más, ¡vámonos callando ya! Del portón ese para acá, la ley es mía.

Dos ramas y tres naranjas. Eso era lo que le faltaba a la mata. Pero tanto el abuelo como Piolín cuidan de la finca como si se tratara de una nación en guerra. De hecho, el portón rojo viene siendo como la aduana de inmigración hacia la tierra de la hostilidad.

A veces siento que mi papá y mis tíos van los domingos a la finca para verificar que el viejo no se haya desatado en ninguna locura. Porque le gustan las mujeres también, y no se detiene aunque sea la mujer de otro. Si se para frente al portón, usa falda y tiene piernas bonitas, desde la mecedora le ofrecerán naranjas, tomates y hasta flores del patio. No es la primera vez que el abuelo se enfrasca con Pancho, porque además de pelear por el perro y los mangos que caen de un lado o del otro, también lo han hecho por las mujeres.

—Mira Celso, ¿y esos tomates que le diste esta mañana a Yesenia? Estás muy conversador con la mujer mía...—gritó Pancho desde el portón.

—¿Acaso yo me paré en el portón tuyo a regalar tomates? —pregunta el abuelo al tiempo en el que levanta la mirada del periódico del día...—Si no quieres que te la converse, conversa tu con ella...Tal parece que a tu mujer le falta hablar con un hombre...

Y otra vez la pelea. Esos dos no se cansan de discutir. Aunque no todas las gana el abuelo. Porque Pancho Cortés tiene dinero y una finca más grande. En algún momento Pancho le ganó al abuelo un pique por dos gallos de pelea. En otra oportunidad se le metió de proveedor a unos mercaditos de Cienpinta, los cuales distribuía el abuelo desde hace varios años. Pancho, al tener más producción, les bajó el precio de las auyamas a la mitad y al viejo se le pudrió la cosecha. Lo hizo para joderle la paciencia, porque Pancho no pormenoriza con los pueblos pequeños. Lo del patriarca de los Rodríguez son los grandes distribuidores de la capital.

Y precisamente, cuando desde la capital comenzaron a escasear los sacos de abono, la comida para los animales y los pesticidas, Pancho hacía entrar a su finca camiones y camiones de producto que había conseguido en el mercado negro, mientras que el abuelo se las arreglaba como podía. Alguna guerra o no sé qué cosa pasó, que los productos comenzaron a faltar, y sin productos, no se puede mantener una finca. Fueron días muy duros.

El abuelo entró en una fuerte depresión que lo hizo esconderse de la mecedora. Estaba a punto de perder los cultivos, además de que algunos animales comenzaron a pagar el precio de la desatención. Mi padre y mis tíos hacían hasta lo imposible por conseguir alimento para las gallinas, y algo de pesticida para evitar que la plaga arrasara con la siembra. Pero los intentos aislados solo servían para tranquilizar la situación un par de días o hasta una semana, quizás. Todo se convirtió en pequeños ciclos en los cuales la tristeza, tomaba posesión del abuelo. Días de felicidad mientras Piolín, las cabras y los gallos comían. Oscuridad cuando en el galpón del norte, desaparecían los sacos.

El abuelo accedió a venderle un auto clásico que tenía en reparación a dos mecánicos de la capital que tenían rato dándole vueltas para convencerlo. A mitad del precio que inicialmente le habían ofrecido, porque bueno, esa es la miseria que acompaña a todo lo que venga de la capital. Tuvo que venderlo igual, para poder pagar los costos del mercado negro. No obstante la temporalidad de esa solución solo alcanzaba para unos tres meses, y la cosa de las guerras iba para largo, por lo que no paso mucho tiempo antes de que comenzaran a notarse los claros sobre el verde a la distancia. Todos sentíamos que el abuelo se secaba al ritmo en el que lo hacia la finca. Las cosas se ponían tensas, porque mi tío Alberto en un intento desesperado, trató de persuadirlo para que le vendiera el terreno a Pancho y se fuera a vivir con él a la capital, pero esto solo hizo que lo corriera de la casa y que no le permitiera entrar más. Se dijeron cosas muy fuertes y el abuelo hasta agarró la escopeta. El tío Alberto no podía creer lo que estaba viendo, por lo que salió de la casa jurando no ver por el abuelo jamás. El típico caso en el que el remedio es peor que la enfermedad.

El abuelo comenzó entonces a hundirse en el alcohol. Cocuy de penca por botellas. Cuando estaba lo suficientemente tomado, pedía que lo mataran y lo enterraran en la finca como abono. Mi padre y mi tía Sonia, muy alarmados, decidieron moverse a la finca. Por un tiempo se alternaron la presencia en aquel lugar, mientras que los días de Piolín se consumían amarrado, comiendo los huesos de las gallinas que morían. Pobre Piolín, ya no ladraba. Había perdido la imponencia de otros días. La debacle avanzaba muy rápido, y a los días el abuelo ya no quería levantarse de la cama.

Me tocaba quedarme a su lado, para contarle historias de fincas hermosas y de pastizales interminables en los que él paseaba a caballo como un capataz imponente y de hermosa prosperidad. El abuelo reía. Brillaba en sus ojos con la alegría a campo abierto. No podía verlo más así. Sentía que moría con él.

Algo tenía que pasar. Lo inesperado tenía que ocurrir. Y procurado o no, ocurrió.

Tres camiones de producto llegaron a la puerta de la finca del abuelo, con Pancho Rodríguez a la cabeza y una cuadrilla de unos treinta peones. No queríamos decirle. Pero Pancho pidió verlo como una condición para pasar.

—Papá, queremos decirte algo —dice mi tía Sonia, quien por ser la consentida, fue la elegida para tratar de convencerlo.

—Si. Ya escuché el ruido. ¿Quién está afuera?

—¿Quién crees abuelito? —interrumpí al tiempo en el que le tomaba las pálidas manos mallugadas de tanto trabajo y años cumplidos.

—¿Qué crees que deba hacer? —me preguntó a mí, al tiempo en el que todos quedamos sorprendidos, casi sin palabras.

—Debes salir, darle la mano a ese hombre y aceptar un préstamo. Sellar el trato bajo la palabra de Celso Molina —le dije con la mayor seguridad que podía— cuando se siembra, no solo germina una semilla. También brota una esperanza. Eso me lo enseñaste tú. Ahora sal como el abuelo valiente que eres y siembra la reconciliación para que brote la verdadera amistad.

El abuelo miró a todos en el cuarto e intentó levantarse como un resorte de la cama.

Mi tía y mi papá intentaron agarrarlo. El abuelo los paró en seco y les ordenó que no lo ayudaran a levantar. Él atendería este asunto solo. Dando traspiés y con pasos arrastrados salió del cuarto con dirección a la puerta principal de la casa. Se asomó por la puerta mientras nosotros íbamos detrás de él. Nos detuvimos a la mitad de la sala. Yo me coloqué delante de mi papá y mi tía. El viejo encandilado por el sol, se colocó la mano izquierda como víscera, mientras la derecha lo mantenía de pie contra el marco de madera de la puerta.

Pancho y mi tío Alberto estaban afuera, del otro lado del portón. El abuelo giró su cabeza y me miró. Me miró como nunca, fijamente a los ojos. No pude corresponderle la mirada por mucho tiempo.

—¿Y Piolín? —me preguntó con la voz quebrada.

—Está amarrado —contesté.

El abuelo levantó el pulgar. Hizo el gesto de aprobación.

Pancho sonrió. Todos lo hicieron. Desde ese momento, tuvimos dos mecedoras en la entrada de la finca, la de mi abuelo y la de Pancho Rodríguez.

ACERCA DEL AUTOR

Nacido en 1978 en Caracas, Venezuela, Will Canduri actualmente reside en Michigan, Estados Unidos. Se graduó en Ingeniería Industrial de la Universidad de Carabobo en Venezuela y obtuvo una Maestría en Ciencias de la Administración y Liderazgo de *Central Michigan University* en Estados Unidos.

Will escribe desde los ocho años de edad, pero su incursión formal como autor publicado comenzó con la obra "Ensalada de Cuervos", la cual se convirtió en un bestseller en 2021 y recibió una Mención Honorífica en los *International Latino Book Awards* (ILBA) de 2023. Entre sus otros éxitos literarios se encuentran los relatos "El Misterio de la Garra del Oso" y "*Farewell*, Oviedo (Adiós, Oviedo)". Will fue finalista en el *Independent Published Book Award* (IPPY) en 2023 con su obra "*Twisted Crows*", que además ganó reconocimientos como Mejor Antología y Mejor Libro Multicultural en los *Best Book Awards (American Book Fest)* de 2023. Este último libro representa a gran parte de su obra escrita, traducida al inglés por la galardonada Andrea Labinger.

Con un estilo versátil y creativo, una gran habilidad para la creación de escenarios, personajes cautivadores y con un tono narrativo único, Will Canduri se presenta como uno de los autores contemporáneos emergentes más destacados de América Latina.

Otras obras del autor

willcanduri.net

Made in the USA
Monee, IL
19 June 2025